「おとーさん、ライナを捨てるの？」
マウラ
ルシルの眷属。
星の巫女。
ロロア
ルシルの眷属。
神域の錬金術師。
ライナ
ルシルの眷属。
原初の炎を操る天狐。
彼らとの別れは悲しいし、寂しい。
だが、それでも彼らは彼らの人生を歩むべきだ。
親離れと子離れ、それこそが俺が魔王としての最後にやるべき仕事だった。

「【黒炎弾】」
ルシル
かつて神から人を救った大魔王。
現在はただの人となり世界を
楽しみ尽くす旅に出ている。
「うそっ、こんな威力……」
キーア
酒場きつね亭の看板娘。
きつね亭を建て直すため、
ルシルと行動を共にする。

「絶品」
アロロア
ロロアにとてもよく似た
少女。その正体とは？
「キノコの旨味がすごいです」
目論見通り、凄まじい旨味がキノコから抽出されている。
見た目どおり、味はマッシュルームに近く。それをより強くしたもの。
歯ごたえもとても良いし、これだけ出汁に旨味を提供しても
しっかりとした旨味が残っている。
炒めたときのバターの風味が残っていて、それがまたキノコに合う。

「大好き。私はもう大人……抱いて」
その万感の思いを込めた言葉と表情。
まるで、何百年、いやそれ以上の積み重ねを感じる一途な想い。
それが俺の心をどうしようもなく揺らす。

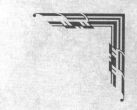

異世界最強の大魔王、転生し冒険者になる

The Greatest Demon King in the Other World

AUTHOR 月夜 涙
ILLUSTRATION ヨシモト

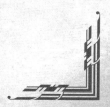

CONTENTS

プロローグ：世界を救った魔王様 —— 007
第一話：魔王様の眷属たち（修行を初めて千年経過） —— 019
第二話：魔王様と魔王軍の絆 —— 027
第三話：魔王様と千年後の街 —— 040
第四話：魔王様のおせっかい —— 052
第五話：暗躍する魔王軍 —— 063
第六話：魔王様は人気者らしい —— 072
第七話：魔王様と初めてのダンジョン —— 087
第八話：魔王様は勧誘する —— 096
第九話：魔王様の実力 —— 104
幕間：暗躍する魔王軍2 —— 111
第十話：魔王様と守るべきもの —— 119
第十一話：魔王様と再会 —— 135
幕間：暗躍する魔王軍3 —— 149
第十二話：魔王様と新入り —— 158
第十三話：魔王様とアロロアの強さ —— 169
第十四話：魔王様は強くなっているようだ —— 181
第十五話：魔王様の深層探索 —— 190
第十六話：魔王様のギルド初体験 —— 202
第十七話：魔王様の本質 —— 210
第十八話：魔王様の準備 —— 221
第十九話：魔王様のコテージ —— 230
第二十話：魔王様は趣味に走る —— 245
第二十一話：魔王様は神の力を感じ取る —— 262
第二十二話：魔王様の戦いと眷属の戦い —— 278
第二十三話：魔王様の選んだもの —— 289
エピローグ：魔王様は人の力を振るう —— 308

プロローグ――世界を救った魔王様

飛空艇が加速していく。

目指すのは世界の中心にある塔。それは雲を貫く高さとこの世にあらざる美しさを併せ持っていた。人の手ではけっして作れない神によって生み出されたもの。

完全に衝突コース。

だが、減速はしない。

何せ、俺たちの目的はあの塔に風穴を開けることなのだから。

それを為《な》すために、陽動のため魔王軍を各地で一斉蜂起させた。それにより塔の守りが薄くなっている。

こんなチャンスはもう二度とこない。

「あと二十秒で結界と衝突！」

銀髪の小柄なドワーフの少女が声を上げる。

この飛空艇の製作者、俺の眷属《けんぞく》にして、ものづくりにおいては神域にまで到達した錬金術師。

「やー、そろそろ出番なの」

「燃えてきますね」

反応したのは、キツネ耳少女とエルフ。

彼女らもまた、ドワーフの少女と同じく俺の眷属だ。

衝突三秒前。

「合わせてほしいの、マウラちゃん！」

「任せてください、ライナちゃん！」

飛空艇の先端にある衝角に炎と風が集まっていく。

炎は、妖狐《ようこ》という種が進化し天狐《てんこ》に至ることによって可能になった朱金の炎。燃やすという概念そのものの具現。

風は、星の巫女《みこ》たるエンシェント・エルフだけが従える星の息吹。清らかなる翡翠《ひすい》の風。

それらが絡み合い、高め合う。

そして、衝突。

神の塔の結界と二人の力がしのぎを削る。

単純な出力であれば神の力に挑むことなど無謀。

ただ、こちらは飛空艇が通れるだけの穴を一瞬開けられればいいのだ。

常時発動型かつ広範囲に広がる神の結界を、一点、一瞬だけ上回るだけなら、俺の眷属である彼女たちなら可能。

エルフ少女の瞳が翡翠色に輝く、彼女の【翡翠眼《ひすいがん》】はすべてを見通す。

完璧なはずの神の結界、そのほつれさえも見つけた。

その指示のもと、ドワーフの少女が侵入角度を調整していく。

「ライナ、今！」

「やああああああああああ！」

キツネ耳少女が叫びと共に魔力を絞り出す。

神の結界をぶち破る。

その勢いで衝角が神の塔に突き刺さる。その先端が展開し通路となった。

これで神の塔へ足を踏み入れることができる。

「ロロア、ライナ、マウラ、よくやった。ここから先は俺の仕事だ。結界が閉じる前に脱出して、ドルクスたちと合流しろ。魔王軍と、あとのことはあいつに一任してある」

俺の眷属たちは本当によくやってくれた。

神の塔は本来なら千を超える階層があり、本来ならその一つひとつに仕掛けられた神の試練を乗り越えなければ目的の最上階までたどり着けない。

彼女たちがいたから、雑にショートカットできたのだ。

「……嫌なの。最後まで、おとーさんと一緒に行くの」

「んっ、私の命はあのときから魔王様と共にある」

「もう、覚悟は決まっています。魔王様のいない永遠を過ごすぐらいなら、どれだけ短い時間でも一緒に生きたい」

俺は苦笑する。

彼女たちが命令に逆らったのは初めてだ。

原初の炎を操る天狐、ライナ。神域の錬金術師、ロロア。星の巫女《みこ》たるエルフ、マウラ。

みんな、俺の愛《いと》しい眷属たち。

……だからこそ、ここから先は一人で行く。

【我が眷属に命じる。この場より去れ】

眷属たちの親として、強制力のある命令をする。

俺の血を与えられて進化し、力を手に入れた代償に、眷属たちは俺の命令には逆らえない。

「なっ、なんで。やなの、一人でいっちゃややなの」

「いや、魔王様、やめて。恨む、このまま行ったら一生恨む」

「……本当にあなたは。ひどい人です」

必死に俺の命令にあらがってはいるが、耐えきれるものではない。

数十秒耐えたあと、顔から一切の表情が消え、俺の命令を守り、飛空艇に積み込んでいた小型艇で離脱していく。その数秒後、塔に突き刺さった飛空艇が結界で押し潰された。

俺は退路を失ったことになる。

「あの子たちを泣かせるつもりはなかったんだがな」

さすがの俺も、命令で無理やり感情を消され、それでも溢《あふ》れた涙を見て胸が痛む。

あの子たちと一緒にいたい気持ちはある。

だけど、あの子たちには生きていてほしいのだ。

◇

塔の最上階、そこには神から任命された支配者がいた。

これだけの騒ぎを起こしたのだから、当然向こうもこちらの侵入に気付いている。

「出迎えご苦労。五百年ぶりか、ラファル」

「違うわ。正確には、五百十二年と三百五十三日ぶりよ。ルシル」

管理者は白い翼と清らかな白い衣を纏《まと》っている天使。

俺とは対照的な格好だ。

「俺の用事はわかっているな」

「ええ、私たちの掃除を邪魔しに来たのね。ここで私を倒せば、管理者権限が奪えるもの」

天使はそう言って、台座に置かれている水晶を撫《な》でる。

「まあ、そういうことだ。できれば手荒な真似《まね》はしたくない。……彼らの排除を中止しろ。そう約束するなら俺は引く」

「断るわ。人間種以外の人は必要ない。人間以外の人を魔族と認定し、駆除をするよう神《ちち》は天使《わたし》たちに命じた。あなたも天使でしょう？　何をするべきかわかっているはずよ」

「俺はもう天使じゃない。魔族と呼ばれ切り捨てられた彼らの王になり、彼らを守るために戦うと決めた。今の俺は魔王だよ」

この世界は誕生してからわずか千年しか経《た》っていない。ここは神々が作った、世界のモデルケース。

当初、神が命じるままに管理者たる天使はさまざまな人種を作った。エルフ、ドワーフ、オーク、竜人《りゅうじん》、ハーフフット、獣人、セイレーン、人間などなど。

それぞれの長所を活《い》かし合うことで素晴らしい世界になると想定して。

しかし、そうはならなかったのだ。

種族の違いが対立を生んで争いが起こったのだ。

そして、神は決断をした。種族の違いで対立が起こるのであれば、知恵を持つ種族を一つにすればいい。

繁殖力が強く、もっとも汎用的な能力を持つ人間を残して、あとはすべて消してしまうと。

「魔王なんて、あなたには似合わないわ。戻ってきなさい。今ならまだやり直せる。これまでの功績で罪を許してもらえるよう話をつけたわ。これは最後通告。これ以上は庇《かば》いきれないの。世界が生まれたころから、ずっとうまくやってきたじゃない。どうして、変わってしまったの？」

「変わるのは悪いことじゃない。昔の俺より今の俺が好きだ」

「そんな黒く、醜くなって、翼も失って、よくそんなことが言えるわね。あんな奴《やつ》らのために」

俺は天使でありながら、翼はなく、その象徴たる白を失った。

神に逆らい、管理者権限のいくつかを剝奪されて弱くもなった。

それでもなお、俺はこれでいいと言い続ける。

それ以上に素晴らしいものを得たからだ。

「なあ、ラファル。……セイレーンの歌を聞いたことがあるか？　ドワーフの作り出す工芸品に触れたことは？　エルフたちの奏でる音楽に身を委ねたことは？　妖狐たちの舞を見たことは？　竜人の背に乗って飛んだことは？　俺は神の命じるままに、彼らの監視役をしてきた。その中で彼らと一緒に暮らして、彼らの素晴らしさを知った」

塔で世界全体を管理するラファルたちと違い、俺の仕事は辺境にいる各種族たちの監視だった。

さまざまな種族と出会い、笑い合って、酒を酌《く》み交わしてきた。

だからこそ、彼らを魔族と呼び、切り捨てろと命令が来たとき、こう思った。

「人間だけの世界なんてつまらない。いろんな奴がいるから世界は面白い。そんな世界を俺は望む」

そう、俺はこの混沌《こんとん》とした世界と、それを作り出す者たちを愛している。

「……バカなの？　その結果が種族ごとに分かれて、戦いに明け暮れて、ろくに進歩しない世界でしょ」

「それは違う。戦いがあるからこそ磨かれる技術や文化もある。それに彼らはバカじゃない、ぶつかり合って、傷を負い、それでもいつか落とし所を見つけて、うまくやるさ。俺たちがすべきは見届けることだけだ。この世界に神様はいらない」

これはでまかせじゃない。彼らが協調するところを見てきた。

魔族と呼ばれ、迫害される彼らは俺の元で一つになって戦っている。

そんな彼らを見ていると種族の違いなんて簡単に乗り越えられると、そう信じられるんだ。

「もう、手遅れのようね。せめて、私の手で葬ってあげるわ」

ラファルの手に神槍《しんそう》が喚《よ》び出される。

息を呑《の》むほど美麗な白銀のラファルの象徴。

管理者権限で生み出された力の結晶。俺が失った力の一つ。

もはや、俺に【神具】を生み出す力はない。

「そうか。残念だ。ラファルとならわかり合えると思ったんだがな」

「私も残念よ。あなたのことは尊敬していたのに。最古にして最優の天使ルシル」

「俺はもう天使じゃないと言っただろう？　俺は魔王ルシルだ」

もはや、言葉は必要ない。

ラファルは槍を使い、突撃してくる。

俺は薄く笑う。

そして……。

「な……ん……で……」

呆《ほう》けた顔でラファルが言葉を絞り出す。

神槍はたやすく俺の体を貫いた。

「あなた、もう空っぽじゃない、力なんて残ってない、どうして、そんな」

そう、俺は空っぽだ。

だからこそ、眷属たちにここまで運んでもらった。

俺一人じゃ、ここに来ることすらできなかったから。

「ここに来たのはラファルを倒すためなんかじゃない。おまえを説得できればそれでよし、説得できなくてもそれはそれで良かった……。ただの時間稼ぎなんだ」

わずかに残った力を行使する。

空間に映像が投射された。

そこは、大陸最南端の突き出た地形。

大地に大きな亀裂が入り、切り出された先端部が船そのものとして大海原へと飛び出していく。

このために残されたすべての力を使っていた。今の俺はただの抜け殻にすぎない。

「神の権能が及ぶのはこの大陸だけだ。魔族たちを乗せた方舟《はこぶね》は大海原へ出た、あの方舟にお前たちの力は及ばない……俺の、いや、俺たちの勝ちだ」

魔王軍の一斉蜂起を囮《おとり》にし、俺が飛空艇で単独で突入したことすら目くらまし。

俺たちの目的は最初から、この大仕掛けに気付かせないこと。

神の力の及ばないところへと、魔族たちを運ぶ。

「あなたが、最優の天使のあなたが、捨て駒!? ありえない、ありえないわ。なんで、たかが魔族のために！」

俺の体が粒子になって消えていく。

この身は少々特殊で、普通の生物のように土に還《かえ》るわけじゃないのだ。

「残念ながら、ラファルたちは手強《てごわ》くて、これ以外の手がなかった。まったく後輩が優秀すぎるのも考えものだ。先輩としては鼻が高くはあったがな」

体の感覚がなくなっていく。

「聞きたいのはそんなことじゃない。どうして、あなたがそこまでするの!?」

「さっき言っただろう。あいつらと、あいつらの生み出す世界が好きだからだ」

あいつらの続きが見たくなった。

ぜんぜん違う連中が集まって、ぶつかり合って、紡ぎ出されるものが見たい。

「無駄死によ。どうせ、勝手に争い合って滅びるわ。神がそう見通したのよ」

「かもしれないな」

もしかしたら、神が断言したように種族間でぶつかり合って、やがて滅ぶかもしれない。魔王軍のもと一緒に戦うことができたのは、大きな脅威があったからに過ぎず、俺が救ってしまったことが原因でまた争いが始まることだって十分考えられる。

それでも構わないと思っている。

それが、我が子らが選び進んだ道の果てであれば。

そろそろ意識が遠のいてきた。

最後の仕掛けも無事に動いたみたいだ。

……俺は死ぬつもりはない。

この体は力によって紡がれている。

逆に言えば、力さえあれば紡ぎなおせるのだ。

俺は三千の粒子となり、散る。その粒子は俺が救った魔族たちに一つずつ宿る。

そして、少しずつ力をもらい、やがて力が満ちれば俺は復活する。

そういう契約を三千人とした。

神や天使には、彼らから力をもらうなんて発想はでなかっただろう。

一人ひとりの力は俺に比べればあまりにも小さい。

だが、俺は知っている。小さな力が寄り集まることで大きな力になることを。

「あんな、奴らが、いなければ、今でも私はルシル先輩と、いっしょにいられたのに、ずっと、ずっと……」

ラファルの目から涙が溢れた。……なんだ、立派になったと思っていたのに泣き虫なのは変わってない。

「かもな。俺はもう行く。おまえたちは神が作った小さな箱庭で、人形ごっこをしているがいい。俺はいつか目を覚まして、俺が守った子たちが生み出した世界を存分に楽しむ。ああ、楽しみだ」

たぶん、千年もすれば復活できるだろう。

そのときまで、我が子たちが命を繋《つな》ぎ世代を重ね、世界があればの話だが。

ラファルが俺を胸に抱き、泣いている。

本当に今日はよく、涙を見る日だ。

目を閉じる。

願わくば、俺が目を覚ます千年後、俺が守ったあの子たちが作った世界が素晴らしい世界であるように。

第一話　魔王様の眷属たち（修行を初めて千年経過）

～千十二年後、ルシル大陸～

荒野で白衣を着た少女が、風になびく銀髪を押さえていた。

魔王ルシルの眷属、ドワーフ種が進化したエルダー・ドワーフ。神域の錬金術師、ロロアだ。

千年前と比べ、少し背が伸びて大人びている。

その目の前には巨大な衛星打ち上げロケットがあり、弟子のドワーフたちが控えていた。

そのロケットがどのようなものかわかるものは彼女とその仲間、そして弟子たちぐらいだろう。

魔王ルシルが消えてから千年以上、ロロアは技術の研鑽《けんさん》を積んできた。

いつか、魔王ルシルが復活したときのためにも、彼が守りたかったものを守り続けるために力が必要だった。天才かつ特別な力を持つ彼女が千年研鑽を重ねた結果、その科学技術はおおよそ、三千年先まで進んでいる。

そこに客がやってきた。

キツネ耳を生やした美少女、天狐のライナ。彼女は千年前からまったく姿が変わっていない。

「やー、ロロアちゃんはまた新しいの打ち上げるの？」

「んっ、これで二十四時間、人工衛星が宇宙から世界すべてを監視できる配置になる。この計画に二百年かけた。でも、効果は絶大。天使どもは魔術に対してはバカみたいに敏感なくせに、科学に対しては無防備。これがあれば常に先手がとれる」

ロロアの目には暗い光がある。

彼女はこの千年もの間、もっとも大事な魔王《ひと》を奪った天使たちを憎んでいた。

そして、彼女の千年の研鑽は魔王ルシルのため。ルシルのためというのは、天使の駆除すら含まれている。天使と、人間たちは神の権能が使えないこの地へわざわざ足を踏み入れてまで魔族の排除を行おうとしてきた。

神の地から離れたここでは力のほとんどが使えないため、圧倒的ではないが、強敵ではある。そんな彼らの侵略を防ぎ続けたのは、眷属たちの力が大きい。

「ライナ、もう少し離れて。そこ、危ない」

「わかったの」

ライナが離れたのを見てから、弟子のドワーフたちにロロアは発射指示を出す。

彼女たちは魔王の血を受けていない普通のドワーフたち。

ロロアはすべてのドワーフに慕われる伝説のドワーフであり、ドワーフたちにとってロロアの弟子になることは最高の名誉とされている。

助手になれる時点で飛び抜けて優秀なのだ。

魔王の血を受けた眷属たちは皆、進化し優れた能力を獲得している。

そして、眷属の多くは各種族たちから神として崇《あが》められ、ロロアのように弟子を取ったり、あるいは指導者として君臨しているものも多い。

個人として力は重要だが、組織としての力もまた重要だと眷属たちは知っている。

「カウントダウン開始。５、４、３、２、１、ファイアー」

ロケットが点火して、高く高く空へと舞い上がる。そして、雲を突き抜けて見えなくなった。

「うわあああああああ、すっごい勢い。あんな高く、ライナでも飛べないの」

「んっ、これが科学。戦闘力が低い私の武器。……それより、ここに来た理由があるなら早く言って。私は忙しい」

「あっ、そうだったの。マウラが呼んでるの。やっと、やっと、時が来たって」

ロロアの顔色が変わる。

いつも無表情な彼女が、口元を押さえ、涙を流し、それから笑った。

「今すぐ行く。待ちわびた。魔王様がいない千十二年と二百八十日は長かった」

「それをぱっと言えるロロアちゃんはすごいの。どっかのヤンデレ天使みたい。おとーさんが帰ってきたら、いっぱいいいっぱい撫でてもらうの」

「んっ、そのつもり。魔王様が守って、私たちが育てた世界を見れば、きっと喜んでくれる。……それから、褒めてもらえると、とてもうれしい」

「やー♪」

二人の少女は、マウラの元へ向かう。

胸にいっぱいの希望を詰めて。

◇

魔王軍の本拠地は浮遊島だ。

魔王ルシルが望んだのは、魔族たちが自分で掴《つか》む明日だった。

魔王ルシルの眷属たちは強すぎ、優秀すぎた。

もし、彼女らが本気で干渉すれば思い通りの世界が作れてしまう。

だが、魔王ルシルが望んだのは、魔族たちが自分の意思で作り上げた世界なのだ。

そのため、干渉を最小限にするよう眷属たちは魔族たちと共に住むことを選ばなかった。

例えば、ロロアの発明品なんてものは文明そのものを変えてしまうだろう。

星の巫女たるエルフのマウラが協力すれば、自然すら支配し、毎年豊作。地上から飢えが消える。

その結果生み出されるのは人々が魔王の眷属たちへ依存し、自分の意思で前へ進む心が喪失した、枯れた世界。そんなもの魔王ルシルは望んでいない。

だから、魔王軍は地上世界と距離を取った。

「ふう、帰ってきたの。やっぱり上のほうがすごいの」

「当然、この浮遊島は世界最強の国で、要塞で、船。魔王様の剣であり盾」

人々への干渉はするべきではないとはいえ、なおかつ二度と主を失わないために全力でありとあらゆる力を蓄える必要もある。

そこで作り上げたのが浮遊島。ここでなら地上に干渉することはないから一切の自重をしなくていい。この地上から切り離された浮遊島で、眷属たちすべての力を使って、最強の国を目指しつつ、これはと思った優秀な地上の魔族をたまに連れてきたりしていた。

……そのせいで、浮遊島は超科学と超魔術と超自然が跋扈《ばっこ》し、眷属たちと彼らが鍛え上げた精鋭たちが集うとんでもない国となっている。この浮遊島は、地上のものも知っており、ヴァルハラと呼ばれ、ここに招かれることを恋い焦がれるものも少なくない。

そんな浮遊島には巨大な城があった。

いつかルシルのためにと用意した魔王城で、魔術と科学の粋を集め、自然の力すら利用し、加えて芸術方面が得意な眷属がデザインにもこだわっている至高の城。

その城内には魔王ルシルの眷属だけが入ることが許される特別な部屋がある。

円卓の間だ。

ロロアとライナが到着したことで、魔王ルシルが直接血を与えた十二の眷属がそこに揃《そろ》う。

十二人が十二人とも、もともとそれぞれの分野で突き抜けた才能を持ち、魔王の血によって進化した傑物。

そんな彼らが己の弱さのせいで魔王ルシルを失う作戦しか選べなかったことを悔やんだ。二度と過ちを繰り返さないよう千年間努力をし続けて、さらに超常の力を身につけている。

千年の間、老いていないのは不老不死を可能にする薬が眷属の一人によって開発されたからであり、全員が全盛期の強さを維持していた。

椅子は十四脚用意されていた。もっとも上座にあるのは魔王ルシルの席。

最後の椅子はいずれくる新入りのため。魔王ルシルが生み出せる眷属の上限は十三人なのだ。

「遅いですよ。二人とも」

今日、眷属を招集したエンシェント・エルフのマウラが二人を出迎える。

「ん、ごめん。それより、魔王様が復活するって本当？」

「そういう嘘《うそ》はつきませんよ。殺されちゃいかねませんし。……大きな力が生まれることを感じて星が震えています。星が感じているものをたどっていくと、懐かしい匂いがしました。この様子だとあと半日ほどで魔王様が復活します」

マウラはエルフから進化したエンシェント・エルフ。

進化により自然との感応力が大幅に増し、星の力を借り、声を聞ける。

その彼女が断言したのだから、間違いない。

「ほう、それで我が君はどちらに現れるのですかな？」

執事服を着た老紳士が声を出す。

ただの老紳士ではない、竜の角と尻尾があり、昏《くら》い匂いがした。

もとは竜人であり、進化することで黒死竜となっている。

魔王ルシルの右腕、ドルクス。魔王軍のすべてを任せられており、その知略は眷属一だ。だからこそ、魔王ルシルから彼がいなくなったあとの魔王軍を任された。

「その場所を星が教えてくれました。私としては眷属みんなで迎えに行くことを提案したいと思います。みんな、どうですか？」

「やー♪」

「んっ、もちろん」

「抜け駆けは許しませんぞ」

「僕の歌を聞かせてあげないとね」

「ガウッ」

「ぴゅふふふふ」

その問いに眷属全員が賛成の言葉を述べた。

皆等しく笑顔。千年の間、心のそこから笑うことがなかった眷属たちがだ。

みんな、ずっと魔王復活を待ちわびていたのだ。

「では、みんなで魔王様を迎えに行きましょう！」

千年の修練の果て、一人ひとりが天使にすら匹敵し、神のように崇められる。そんな十二人の眷属たちが、たった一人のために揃い、彼の元へと向かう。

見るものが見たら、卒倒する光景だろう。

眷属それぞれが、期待と喜びを胸に立ち上がった。

ここにいる全員が魔王を愛している。

彼らは今日が最高の一日になると確信していた。

第二話　魔王様と魔王軍の絆

〜復活の魔王ルシル〜

ゆっくりと目を開く。

長い、長い、夢を見ていた気がする。

いったい、俺はどれだけ眠っていたのだろう？

周囲を見渡すと、どこかの草原だった。

「……俺がこうして目覚めたってことは、魔族たちはうまくやっているようだ」

薄く笑う。俺は三千の粒子になり、その一つひとつを我が子らに託した。

千年以上、力をもらい続けなければこうして俺の復活に必要な力なんて集まりはしない。

つまり、それは千年以上、世代を重ね命を繋《つな》いできたということ。

「やっぱり、俺は間違ってなかった」

さまざまな種族がいて、価値観の違いから喧嘩《けんか》し合っても、なんだかんだやっていける。

そして、あいつらも元気にしているようだ。

とてつもなく強い力を感じて空を見上げる。

巨大な黒竜が舞い降りてきた。

黒竜は背中に懐かしい顔ぶれを乗せており、全員を下ろすと初老の紳士となる。

「久しいな、ドルクス」

「はっ、我が君と出会える日を一日千秋の思いで待ちわびておりました」

うやうやしく、ドルクスが礼をする。

相変わらず、そういう仕草が絵になる男だ。

まさか、眷属全員が揃っているとは。

多少見た目が成長しているものたちはいる。しかし、千年経っているのにほぼみんな昔のまだ。

エンシェント・エルフ、マウラの力だろう。

彼女なら不老不死を実現することができる。それぞれの最盛期で老いを止めたのだろう。

眷属たちの見た目はあまり変わっていなくとも、全員がとてつもなく力を増しているのを感じる。

それこそ、千年ずっと鍛錬を続けなければたどり着けないほどに。

「ただいまみんな。待たせて悪かった。それから、ありがとう」

そう言うと、それぞれ、文句を言ったり、泣いたり、笑ったり、いろんな反応をする。

抱きしめたり、頭を撫でたり、握手をしたりで忙しい。

その誰からも、俺への好意が伝わってきた。

……うれしい反面、悪いとも思う。

千年以上も、この子たちを縛り続けてしまったのだ。

「ドルクス、あのあと魔族たちはどうなった。途中経過はいい、今どうなっているかを教えてくれ」

「はっ、魔族たちはこの島でいくつかの国を作り、栄えております。人口は、魔王様がこの地を神の箱庭から切り離したときと比べ百倍以上に増えました」

「いくつかの国と言ったが、やはり種族ごとに分かれているのか」

「国ごとに違いますな。単一種族の国もあれば、いくつもの種族が混ざった国も、多種多様な価値観が入り乱れております」

面白そうなことになっているし、好ましい。

それぞれのルールに従い好きに生きて、先へ進んだ。それは俺の理想だった。

それを聞いて、俺は一つの決断を下した。

「……魔族たちはもう自分で歩いている。ならば、俺が手を差し伸べる意味がない。もう、俺が魔族の王として君臨する必要がなくなった。魔王をやめようと思う」

その言葉を聞いた眷属たちは驚いた顔をした。

何人かは、予測していたようで、ああやっぱりという顔をした。

「俺はこれから、魔王ではなくただのルシルになる。ロロア、ドルクス、頼みがある。ロロアのホムンクルス……できるだけ弱いのがいい、それに俺の魂を移してくれ。できるだろう？」

俺は復活したら、我が子らが作った街を楽しみたいと考えていた。

それも、魔王として上からではなく、ただの一人の魔族としてみんなと同じ目線で。

でなければ意味がない。崇められても恐れられても、本来の姿が見えなくなるだろう。

ロロアならホムンクルスを作れるし、ドルクスなら魂操作に長《た》ける。

これでただの一魔族になれるだろう。

「我が君よ。魔王の魂を受け入れられるほどの器があれば、魂を移すことは可能ですな」

「んっ、私のホムンクルスなら魔王様の魂を受け入れられる……でも、それをすると魔王様はただの魔族になる」

「だから、そうしたい。俺のわがままを聞いてくれるか？」

「……わかった。やる」

ロロアは一瞬の逡巡《しゅんじゅん》のあと、そう言うと何かのボタンを押した。

すると、無人飛空艇がやってきて、空からコンテナを落とす。

そして、コンテナが自動で展開していく。

コンテナの中には水槽があり、ホムンクルスの体が沈められていた。

「肉体が用意されているとは準備がいいな」

「こんなこともあろうかと作っといた。魔王様と背格好も同じ。違和感もほとんどないはず」

その体の見た目は俺そっくり、というか俺そのものだ。

「俺がほしいのは普通の魔族の肉体だ。……おまえがわざわざ作っていたということは、強力な体なんだろう？　そうであるなら、別の体を作ってほしい」

「んっ、見ればわかる。なんの力もない、どこにでもいる魔族の体。竜人ベースだけど、血が薄くて角も翼も尻尾もない、とても普通」

言われてみると、たしかにそうだ。

何の力も感じない。いったい、こんなもの何のために作ったのだろうか？

「いいだろう。これに俺の魂を移してくれ」

「では、ここから先は私がやりましょう。我が君の魂を新しい入れ物へと見事運んでみせましょう」

黒死竜であるドルクスは死を司《つかさど》る。

ゆえに、魂操作はお手の物だ。

あっという間に、俺の魂は新たな器へと移った。

新しい体になった俺は目を開き、軽く体を動かして違和感がないか確かめる……完璧だ。元の体との性能差のせいで重く感じるが、妙にしっくりくる。

元の体をロロアは今の体を入れていた水槽へと収納していた。

「手間取らせて悪かったな。これがただの魔族か、なんて弱く、重い、不自由な体なんだろう……だが悪くない。礼を言う、二人ともいい仕事をしてくれた」

「我が君、身に余るお言葉です」

「んっ、魔王様が喜んでくれたならうれしい」

これならただの人として、魔族らが作り上げたものを楽しみ尽くせる。

魔王という役割を放棄し、魔王の力も失ったのだから。

……さて、こうして普通の魔族になったことでもう一つ、大事な仕事ができる。

「みんな、今まで俺に仕えてくれてありがとう。おまえたちと一緒に過ごした日々は楽しかった。……もう、自由にしていい。今をもって魔王軍は解散する。これからは好きに生きろ」

眷属たちはよほど想定外だったのか、絶句し、我に返ってから、詰め寄ってくる。

「おとーさん、ライナを捨てるの？」

「魔王軍が解散なんていや、みんなや魔王様と一緒がいい」

「納得のいく説明をしてください！」

みんなを宥《なだ》め、それから口を開く。

「俺は眠りにつく前から、ずっと悩んでいたんだ。俺の夢におまえたちを付き合わせていいものかをな。……さすがに俺が死ねば、みんな好き勝手やるかと思っていたんだが、まさか、

「ずっと待っていてくれるとは思ってなくて。うれしいが、同時に心苦しくなった」

血を与え眷属とした。タイミングも理由もばらばらだった。それでも、契約以上に心が繫《つな》がっていた。そのことを誇りに思っている。

だけど、それが眷属たちの重荷になるのは嫌だ。

「これは決定だ。もはや、俺に魔王としての力はない故に、強制命令を発することはできない。だが、最後の命令、聞いてほしい。改めて言う、おまえたちは好きに生きろ」

誰も何も言わない。言葉が出ないようだ。

俺は苦笑し、ロロアが気を利かせて用意してくれていた服を纏う。

……旅に必要な道具と路銀まであった。ありがたくもらっておこう。

「俺はもう行く。またどこかで会おう」

我に返った眷属たちの制止を振り切り、それから俺は一番近い街へと向かう。

彼らとの別れは悲しいし、寂しい。

だが、それでも彼らは彼らの人生を歩むべきだ。

親離れと子離れ、それこそが俺が魔王としての最後にやるべき仕事だった。

◇

取り残された眷属たちが呆然《ぼうぜん》としている。

もうすでに魔王ルシル、いや、ルシルは見えなくなっていた。

「ロロアちゃん！　なんで、追いかけるのを邪魔したの!?　おとーさん、もうただの魔族、ちょっとしたことで死んじゃうの！」

キツネ耳少女のライナが怒る。

不安で、寂しくて仕方ない。

「それに魔王軍が解散なんて……そんなの、絶対に嫌です」

エルフのマウラの言葉に何人かの眷属が同意した。

しかし、冷静なものが二人いる。

黒死竜ドルクスとエルダー・ドワーフのロロアだ。

「安心して、あの体は特別製。何百年もドルクスと共同研究して作り上げた最高傑作。あれは魔王様をより強くするために作ったもの。魔族である私たちを救う代償に、天使だった魔王様が失ったすべてを補ってあまりあるだけの力を与えるための器。……もう二度と天使ごときに殺されないようにするために」

ルシルはどうして新しい体がすでに用意されていたかを疑問に思っていたが、その答えがこれだ。

いくら眷属たちが強くなっても、魔王本人が弱ければ不測の事態に守り切れない。

しかし、力を失った天使という魔王ルシルの特性上、今のまま天使より強くなることは極めて難しかった。だからこそ、ロロアは魔王ルシルを最強にする体を生み出そうと決め、ぎりぎりまで改良を続けつつ、復活までに完成させたのだ。

「うそなの、ぜんぜん力を感じなかったの！」

「んっ、魔王様の体より強いものを作るのは無理。だから、強さを捨てて、成長性に全振りをした。今は弱い。でも、鍛えれば鍛えるほど強くなって、最終的に元の体より強くなる。その性質のおかげで、ただの魔族になりたい魔王様も喜んであの体を受け入れた。運が良かった」

これに関しては計算や予測ではなくただの偶然。あるいは運命。

「問題は、今は弱いことですね」

「問題ない、魔王様を衛星で二十四時間監視してる。ピンチになれば、衛星に収納したゴーレムを射出して救援に向かわせる……それに、あの体は成長性だけじゃなく器が大きい。魔王様の魂が焦がれるほどに力を求めたら、短時間だけ、魔王様の肉体を魂の記憶で再現する」

魂に引きずられて肉体が変質する。短時間のみであれば、成長性と強さを両立できる。それができるからこそ、あれを最高傑作とロロアが告げている。

この肉体を作るのには、実は星の巫女たるマウラの力も騙《だま》して使っていたりする。

「それなら、安心なの……でも、やばいの、ばれたら、おとーさん、めちゃくちゃ怒るの！」

「ですよね。鍛えて成長していくのはごまかしが利きますけど、短時間でも魔王の力を振るえてしまえば、そういう体だってばれちゃいます」

全員がロロアの顔を見る。

魔王ルシルは優しい、だが容赦がない魔王でもあった。そうでなければ、反発し合う魔族をまとめることができなかったためそうなった。

いかに、寵愛《ちょうあい》を受けていても、万が一がある。

だが、ロロアの表情はいつも通りだ。

「んっ、そのときは殺されてもいい。ただの人として生きたいと願った魔王様が、魔王としての力を望むような状況、きっと、力がなければ死ぬ。そんなときに力をあげられて、魔王様の命を一回救える。一回でも魔王様を救えるなら、私の命を捨てても割に合う。私の命は魔王様のためにある」

ロロアのそれは忠誠心……だけではない。

ロロアにとって、ルシルは父であり兄であり先生であり友達である。そして、それ以上の感情もある。

だから、ルシルのためならルシルを騙すし、その結果死んだとしても構わない。

さすがに眷属たちも絶句する。

その愛の深さ、そして、言葉を発した際に一切の力みも緊張感も怯《おび》えも高揚もなく、ただ淡々としていたことに。つまり、それがロロアにとっての当たり前なのだ。

その静寂を壊すものが現れる。

「はははははは、あの小さなロロアがこうなるとは驚きですな。我が君もここまで想《おも》われるとは果報者だ。なら、私も覚悟を決めましょう。……さて、皆のもの、我が君の命令です。魔王軍を解散しましょう。今、この瞬間から、私はただのドルクスです」

魔王不在時、魔王の右腕たるドルクスの決定は絶対だ。

みんな、反論の意味はないと気付き、しぶしぶと同意する。

「これで魔王様の命令を果たしましたな。たしかに魔王軍は解散した」

そこでドルクスはふてぶてしく笑ってみせる。

誰よりも魔王軍を愛していた男が、魔王軍を失ったにもかかわらずだ。

「さて、皆様に提案があります。新生魔王軍を作りたいと考えているのですが、乗られる方はおられませんか？　ここにいる面々は優秀ですからな。ぜひ、スカウトしたい」

「やー、賛成なの。ライナが一番乗り！」

真っ先に、ドルクスの意図に気付いたキツネ耳少女のライナが手を挙げる。

「あの、それ、いいんですか？」

「いいも何も、我が君が命じられたことを覚えていらっしゃいますか？　魔王軍を解散して好きに生きろと。なら、私はそうさせていただく。新たな魔王軍を作り、あの方のために生きる、それこそが私の好きに生きるということです。我が想いと忠誠、我が君にすら否定させたりはしない……そのことをロロア殿が思い出させてくれた」

好きに生きる。

その答えなんて彼にとって一つしかなかったのだ。

「そして、皆様に言っておきましょう。我が君は好きに生きろと命じた。ゆえに、新生魔王軍への参加は強制ではありません。自分の頭と心で考えて決めなければなりません。でなければ、私が我が君の想いを曲げたことになってしまう」

「んっ、答えは一つ」

「好きに生きさせてもらいますよ」

「ぴゅいっと参加なのです」

「愚問だね、パトロンを舐《な》めすぎだよ。千年あの人を想い続けてる頭のおかしい軍団だよ。僕ら」

「がうがう！」

全員が、新生魔王軍への参加を表明する。

……魔王ルシルは後に知ることになる。

吹っ切れて、ルシルの目が届かないところで好き勝手かつ全力でルシルのために行動する、無駄に優秀な連中が集まった新生魔王軍のやばさを。

そして、近い将来、これなら魔王軍を解散なんて言わなかったほうが良かったのではと後悔することになるのだ。

第三話 — 魔王様と千年後の街

眷属たちと別れてから、街を目指して歩いていた。

俺が別れを告げたとき、眷属たちが浮かべた寂しさと悲しさが入り混じった表情が頭に浮かび、胸が締め付けられる。

……俺も彼らと共に過ごしたい。あいつらのことが大好きだ。千年待ってくれていたことに感動すら覚えた。

だけど、あの子らにはあの子らの人生を歩んでほしい。

(懐かしいな)

ロロアの用意してくれた鞄《かばん》の中には昔彼女が作っていた通信機、その進化版と呼べるようなものが入っていた。

昔は通信するだけの機能しかなかったのだが、端末全体が画面のようになっている。

説明書があるので、ざっと流し読みする。

「いつの間にか、地図機能までつけていたのか」

説明書通りに操作すると画面に地図が映る。

どういう仕組みか、自分の現在位置がマーカーされており、歩くとしっかりと追随してきた。

これがあれば、迷いようがない。

近くの街を選ぶと、宿屋やら、食料品店やら、服屋やら、いろいろと表示され、評判まで書かれている。

コメントを書いている連中に知り合いが混じっている……というか、俺の眷属の名前が多いのが気になる。『やー♪、お肉料理がとっても美味《おい》しい店なの！　きつね大満足！』『んっ、この主人はわかってる。特殊素材の取り扱いがとても丁寧。星五つ』などなど。

(便利すぎるだろう)

そして、どうやらこの端末では本も読めるようで【千年でこう変わった！　今の常識全集】なんてものまで入っている。

言うまでもなく俺のために用意されたもの。

著者は黒死竜のドルクスだった。

この端末の名前はロロアフォンⅦというらしくて、魔王軍の制式装備らしい。

「残りのⅠ～Ⅵまではどうなっているのか気になるところだ」

そもそもの主目的である通信も強化されており、昔は通信距離がせいぜい数キロだったのだが、こいつはほぼどこでも繋がるらしい。

眷属たちの連絡先も入っている。

それらを消そうとして……やめた。好きに生きろと言って距離を取ったが、繋がりを消してしまうことはない。

ただ、親離れは必要なので説明書にあった機能、着信拒否を使ってみる。

これから、それぞれの道を歩んでいくのに、俺にいつまでもべったりしていては駄目なのだ。

「あいつら、俺がこうやって一人で旅に出ることを予想していたのか？」

鞄の中を見ると、そうとしか考えられない。

旅に必要な道具や、水、保存食が鞄に詰められている。

(それにしても人の体というのは不便だ)

すぐに疲れるし喉が渇く、腹まで減ってきた。

歩き始めてたった二時間ほどだというのに、限界を感じている。

魔王ルシルだったころは食事なんて必要としなかったし、体力もあり一週間ほど戦い続けたことすらあったのに。

この不便さこそ、普通であり、俺が望んだものだろう。

日差しがきついし、どこかで涼もう。

このままじゃ行き倒れてしまう。

◇

木陰を求めて、街道からそれて大樹に寄り掛かっていた。

地図をみると、あと十キロほどある。

……二時間かけて、たった十キロしか進んでいない。

今までの俺なら、この程度の距離、五分もかからずたどり着けたが、今のペースならさらにあと二時間かかってしまう。

「【水球】」

魔術を使う。

この身に魔力が宿っているのを感じていたし、魔王の力はなくしても記憶は残っている。無数の魔術を行使できるのだ。

ただ、魔術師としては並程度の魔力量しかない。

一応、魔力量は低くとも、魔力と体との相性はいいらしく、ロスをほとんど感じないところは長所と言っていい。

詠唱が終わり、頭のうえにふわふわと水のボール浮かび、落ちてきた。

口を開けてそれを出迎える。

びしょ濡《ぬ》れになるが構いはしない。

喉が潤ったし、火照った体が冷えて気持ちいい。

「魔力が足りなくて、戦闘魔術の使用は絶望的。生活魔術を三、四発撃つのが精一杯って感じか。体力が駄目なら、魔力も駄目。人というのは、よくこれで生きていけるものだ……よし、そろそろ出発するかな」

立ち上がると、さっきより体が軽かった。疲れが取れたというより、体力がついたという感じだ。だるさもなくなっているし、踏み出す足に力強さを感じる。

「ふむ、ここまで歩いてきたから、体が鍛えられたのか？　人は貧弱だが、鍛えることで強くなれるのだったな。成長というのはなかなか気分がいい。始めから完璧な存在である俺たちには、なかったものだ」

人というのは負荷をかければ、その分だけ強くなる生き物だったのを思い出す。

魔王軍にも、眷属に匹敵する猛者がいた。

彼らは鍛えて強くなっていたのだ。ならば、一般人となった俺も鍛えればそうなれるだろう。

ふむ、ならここからは走ろう。

もっと体力をつけなければ不便で仕方ない。

体力だけじゃない、魔力のほうも鍛えれば強くなる可能性があるから、あとで試してみようか。

こうやって、すぐに強くなっていくなら、人の体というのはそこまで悪いものでもないかもしれない。

◇

そして、残り十キロを三十分ほどで走り切り、街が見えるところまでたどり着いた。

さっきは十キロを二時間歩いただけでバテていたのに、同じ距離を三十分で走りきれるなんて、鍛錬というのはすごい。

一休みしたら、今の走りで鍛えられて、さらに速くなっているだろう。

どんどん成長していくのは快感だ。

やはり、人の体というのは面白い。

(このまま街に入るのもあれだな)

走ったせいで、汗だくで気持ち悪い。

街に入るまえになんとかしよう。

それも魔力鍛錬も兼ねて。

「【水球】」

さきほどのように水を頭から被《かぶ》る。

汗と汚れが雑に流れていく。

「【熱纏】」

熱を纏う魔法で一気に乾かす。

これですっきりだ。

そして残った魔力量を感じ取る。

「ふむ、やっぱり魔力も鍛えれば上がるんだな」

さきほどの計算では、生活魔術三、四発で限界だと感じたが、もう二、三発はいけそうな気がする。

万全の状態なら、一発ぐらいは戦闘魔術を使える魔力量だ。

これからは魔力が回復するたびに、適当な魔術を使おう。魔力を鍛えるのだ。ある程度強くないと、この世界を楽しむどころじゃない。

鍛えて強くなるなんて、普通の奴らだって当たり前にするだろう。

さて、いよいよか。

俺が救った魔族たちが千年かけて作った街へと足を踏み入れる。

長い眠りにつく前、俺がいなくなったあとも魔族たちがやっていけると信じてはいた。しかし、心配ではあった。

ドルクスから無事だと聞いていたが、自分の目で見届けたい。

さあ、行こう。

魔王としてではなく、ただの人として、俺が守った魔族たちが作り上げた街を楽しむのだ。

◇

街はそれなりに栄えていた。

建物のほとんどは二階建てのレンガ造り、街灯も用意されており、文明の匂いがする。

衛生面も問題なさそうだ。

千年前の街なんて、道端に糞尿《ふんにょう》とゴミが散乱していた。

それを考えると立派な進歩と言える。

この街は多種多様な種族が入り乱れており、中には人間もいる。

(それでいい。俺はなにも人間と魔族の対立なんて望んでいない。俺が望んだのはありとあらゆる種族たちが共に暮らす世界。神が選んだからと言って、人間を排除する気なんてなかった)

俺は魔族のためにここを大陸から切り離したが、その当初から人間は多くいた。彼らはその子孫たちだろう。

一部、人間という種族そのものを嫌う魔族は当時からいたが、なんとかうまくやっているようだ。

こういうのを見るとうれしくなってくる。

（まずは飯だ）

飯というのは文化そのもの。

何より俺は腹が減っている。

端末を操作すると、とくにおすすめと表示されている酒場が近かったのでそこに向かう。

いい匂いが漂ってきた。

店の名前は、きつね亭とあり、大衆店で敷居《しきい》が低く入りやすい、それでいて掃除が行き届いていて好印象だ。

「いらっしゃいませ！　お一人様ですか」

「ああ」

活発で可愛《かわい》い子だ。落ち着いた黄色の髪をした少女。

猫耳と尻尾が特徴的だ。ただ、よくよく見ると猫というよりはトラだろう。

尻尾に黒のシマシマがある。

トラ獣人だけあって力持ちだ。料理やらジョッキやらを限界まで載せたお盆を、両手と頭、さらに尻尾に載せて運んでいる。

いや、これ力よりもバランス感覚のほうが凄《すさ》まじいな。

「では、こちらへ」

俺を案内すると、少女は軽やかに配膳に戻った。

可愛くて、テキパキしていて、見ているだけで気持ちいい。

メニューを見る。

「……ほう」

言葉も文字も千年前と変わっていない。魔族言語だ。

かつて、天使たちが行う粛清から逃れるために、ありとあらゆる魔族が協力し合って魔王軍を結成した。

その際、種族ごとに言葉と文字が違い、意思疎通に問題が出て、統一言語を決めることになった。

どこか一つの種族の言語と文字を使うと角が立つ。

だからこそ、俺《おれ》たちは新たに言語を作ることを選んだ。

簡潔かつ機能的なものを開発したのだ。それこそが魔族言語。魔族すべての言葉という意味を込めて名付けた。

それが今も使われている。あのがんばりが無駄にならなかったとうれしくなる。

「注文を頼む、特製バラ煮込みと、季節の果実酒だ」

「はいっ、すぐに用意しますね」

メニューに一番人気と書かれていた料理と酒だ。

次々に客が入ってきた。人気店なだけあって盛況なようだ。

ロロアフォンⅦの端末情報だけでは、うまいかどうかは半信半疑だったが、この盛況っぷりなら期待できそうだ。

痛みを感じて首の裏を撫でる。

「痛っ、まさかな」

ちりちりと首筋のあたりに変な感覚があった。

昔から不思議なジンクスがある。

運命の出会いが訪れるとき、決まってここに痛みが走る。

眷属にしたロロアやライナたちと出会った日も、こういう感覚があった。

だけど、今回ばかりはさすがに気の所為《せい》だろう。

魔王の力をなくした俺に、眷属を作る力などないし、この世界はもうこんなに平和になったのだ。

今更、眷属が必要になる状況などありはしないだろう。

第四話　魔王様のおせっかい

料理を待ちながら、この店の空気を楽しむ。

『人気の理由は、飯と酒だけじゃないようだな』

中には看板娘のトラ耳美少女を嫌らしい目で見ているものもいる。

おっ、尻に伸ばされた手を軽やかに躱《かわ》した。いい動きだ。

にしても、すごい子だ。

さほど広い店ではないとはいえ、一人でこれだけ盛況なきつね亭の接客をこなしていた。……今動きが速すぎて残像が見えた。

丁寧に素早く。四人分ぐらいの働きっぷりだ。

「おまたせしました！　特製バラ煮込みと、季節の果実酒です！」

「ありがとう」

「お客さんは運がいいですよ。昨日のダンジョン探索でいつものホーン・ボアじゃなくて、レアなタイラント・ボアを狩れたんです！　お酒に使った瑠璃杏の実も滅多に採取できないんですよ。味わって食べてくださいね。えっへん」

ダンジョン？　狩れた？

いったい何を言っているのだろう。とりあえず、食うとするか。

特製バラ煮込みはイノシシのバラ肉をトマトベースのソースでとろとろに煮込んだもので、脂がぷるぷるして美味しそう。

酒のほうからは杏の爽やかな香りが漂ってくる。

さっそくいただく。

「うまい」

脂身がとろっと溶けて、肉がほろほろと口の中で崩れる。くどくなりがちなそれが、トマトソースでしつこさを感じられない。そして脂の味だけじゃなく、肉の旨味《うまみ》がしっかりしていた。それに酒のほうもいい。いい杏を使っていて、果物の輪郭がくっきりでている。

なるほど、ここは当たりだ。

もっといろいろと頼んでみよう。どれだけ豪遊できるかは財布との相談だ。ロロアが持たせてくれた路銀を確認する。

（あいつは）

この店で食事するなら四十年ぐらい三食食事ができる額だ。

荷物が重かったわけだ。

あの子は俺を甘やかしすぎる。

さて、路銀の心配はないし、思う存分追加を楽しむとしよう。

魔王だったころも食事はできたのだが、そもそも食事なんてものを必要としない体で空腹を感じたことがなく、付き合いで食べるか、あるいはただの娯楽だった。

人の身になり、空腹というものが最高のスパイスだと思い知らされる。

ローストポークのサンドイッチをトラ耳美少女が運んでいた。あれもうまそうだし、腹にたまりそうだ。俺も頼もうか？　いや、まずはメニューを読み込もう。

「おら、店主を出せやっ！」

メニューとにらめっこをしていると、ガラの悪い男たちが店に入ってきた。

「みなさーん、聞いてください、この店は泥棒の店ですよ！　払うものを払わない、泥棒の店！」

全員、クマっぽい見た目の獣人だ。だからこそ体格が良く、それに相応《ふさわ》しい怪力があるのだろう。

客たちは怯え、なかには店から逃げていくものもいる。

そこに、さきほどのトラ耳美少女が駆けつけた。

「こっ、困ります。営業中にこんな」

「ああんっ、困ってるのはこっちやで！　俺らだって、わざわざ金の取り立てに、足を運ぶのは面倒なんや、わかる？」

トラ耳美少女にクマ獣人が凄《すご》む。

すごい光景だ。

「ほら、この契約書見いや。期日までにこの金払わんと出ていくって約束でしょ！　そんで、それ今日やで。わかる？　ん？」

それで状況はだいたいわかった。

「借金か。これだけ繁盛しているのに」

「いやいや、それがちょっと違うんだよ」

俺の独り言に、常連客っぽい男が反応する。

「ありゃ、借金じゃなくて土地からの立ち退き勧告だ。ここの土地はさ、キーアちゃんの父親……もう死んじまってるんだけど。その腕に地主が惚《ほ》れ込《こ》んで、一生タダ飯を食わせてもらうことを条件にプレゼントしたものなんだ。そいつが二十年前の話だ」

キーアというのは、あの看板娘の名前なのだろう。

「それなら、問題ないように聞こえるんだが」

「それが土地の持ち主が三ヶ月前、ころっと逝っちゃってな。土地はやったと口頭で言っただけで契約上は元の持ち主のまんま、んで、そのドラ息子が、口約束なんて知らん。土地代を払うか、キーアちゃんを寄越すか、どっちかをしないなら、出ていけって言い出してな」

なかなかひどい話だ。

トラ耳美少女……キーアを差し出せってあたり、金のためじゃない。あの子を手に入れるために、あえて約束を知らない振りをしているように見える。

「出ていってもこの味とキーアの接客なら、どうとでもなるだろう。別の場所で店を開けばいいだろう」

この繁盛っぷりを見れば一目瞭然。あの可愛く、優秀な看板娘にこの絶品料理。場所を移したぐらいで客足が落ちたりはしない。

「そうだな、他で店やるなら俺らもついていくさ。だが、この店はキーアちゃんにとっては形見だ。そうはいかねえんだよ」

そうこう話をしていると。

トラ耳美少女、あらためキーアが目に涙を浮かべて前に出た。

「私、あの人のものになります。だから、今は帰ってください。お父さんのお店を壊さないでください」

「おっ、ええで。素直なのはええことや」

身売りを決意したのか。

常連の話が正しければ、それでこの店は救われる。

明日からもこの店で毎日食事を続けられるだろう。

特製バラ煮込みを口に運ぶ。

「……まずい」

さっきまであんなにうまかった料理が、まったくうまく感じられない。

理由はわかっている。この胸糞悪《むなくそわる》さだ。

せっかくの料理が台無しだ。

だから、立ち上がることにした。

キーアの手を引いて彼女をかばい、クマ獣人の前に立ちふさがる。

俺は千年前、魔族たちが対立しようと、第三者に迷惑がかからないなら、関わらないようにしてきた。

魔王という身分で干渉してしまえば、簡単に言うことを聞かせることができてしまう。それでは神や天使と同じになってしまう。

子供の喧嘩に大人が出るのはかっこ悪い。

だが、俺はただの人になった。

同じ立場にいるなら、好きにやらせてもらう。

「その話、待ってもらえないか」

「おっ、兄ちゃん、仕事の邪魔をせんといてくれへんか」

「断る、こっちはうまい飯を台無しにされて気が立っているんだ」

「なら、痛い目見てもらおうやないか」

手下のクマ獣人が二人、左右から挟み込むよう襲いかかってくる。

……さて、どうしたものか。こちらは暴力など振るうつもりはなく、俺は穏便に交渉するつもりだったのに、こいつらは血の気が多すぎる。

馬鹿力のクマ獣人、しかもこういう揉《も》め事《ごと》になれている連中と切った張ったなんて、今の体ではあまりにも分が悪い。

だが、不思議と落ち着いていた。どうにでもなる、そう頭じゃなく本能の部分で感じているのだ。

時間が引き伸ばされていく感覚。

すべてがスローに見えた。

右のクマ獣人が突き出した手を掴み、流れるようにその勢いを利用して背負投げして、左のクマ獣人にぶつける。

あとずさりしたところに全力の踏み込みからの掌底をぶち込むとまとめて、巨漢のクマ獣人二人が吹っ飛ぶ。

これは腕力じゃない、相手の力を利用する投げと、全身の力を一点に集中して爆発させる技術。

(……こんな技術、俺は知らない。だが、妙にしっくりくる。知識だけじゃない、まるで何十年も使い続けていたかのように血肉になっている。ロロアの仕込みじゃない、体じゃなくて魂

に刻まれている。そんな気がする)

こんな武術、魔王のときもできなかったはずだ。なのに呼吸するかのように自然に出た。

「なんだ、兄ちゃん、喧嘩を売ってんのか」

「いや、襲われたからとっさに反応しただけだ。俺は売る側じゃなくて買う側だ。その催促状を見せてくれ」

「かめへんけど、写しあるから破っても無駄やで」

催促状を見る。

ふむ、これなら。

「これで足りるだろう。キーア、会計だ。三千二百万バル支払おう。……それで、キーアから、あんたにこれを渡す。これで晴れて、この土地はきつね亭のものだ」

突然の支払いに、クマ獣人のリーダーは目を丸くする。

「おいおい、こんな大金。あんさん、いったい、なんのつもりよ」

「俺はうまいものを食いにここへきた。こうしなきゃ、飯がまずくなる。それだけだ」

それに、もともとロロアが持たせてくれた金に頼っておいて、俺が人としてこの世界を味わうことになるのかと疑問に思っていたのだ。

遊ぶための金は自分で稼ぐ。

だから、この金はここのメシ代で使ってしまう。

クマ獣人は金と俺の顔を交互に見て、それから、にっこりと笑った。

「まいどあり！　これで、あんさんはお客さんや。なんか困ったことがあったら、蜂蜜金熊組に相談してえや。おい、いつまで寝てるんや、いくで」

「へっ、へい、親分」

「置いてかないでくだせえ」

そうして、クマ獣人たちが出ていく。

俺は席に戻って飯を食う。

うん、やっぱりうまいな。こうして、良かった。

さてと、これからどうするか。

宿を取るつもりだったが、路銀がほぼない。

街から出て野宿でもするか？

そんなふうに考えていると、キーアが目の前に現れる。

「あの、いったいどういうつもりですか!?」

「あいつらのせいで飯がまずくなった。だから、追い払った」

「そんなことのために、三千二百万バルも!?　もしかして、そんなお金をぽんっと出せる大金持ちなんですか？」

「いや、あれがほぼ全財産だ」

何せ、ロロアから渡されたもの以外に所持品はない。

「それなのに、私を助けるためにあんなことを」

そこで言葉を区切って、キーアは何かしら覚悟を決めたようだ。

「……あの、恩返しさせてください！　あなたがいなかったら、お父さんのお店を守れませんでした。だから、私、なんでもします！」

ぐっと身を乗り出してきて、顔が近い。

よく見ると赤くなっている。あと胸が大きいな。こうして、迫られると胸の谷間が見える。

……おかしい、下腹部に違和感が。

そうか、人になったせいで、性欲なんてものまでできたのか。

初めて感じた衝動のせいで、とんでもないことを言いかけて首を振る。

「そんな必要はないさ」

「それだと、申し訳なくて、私の気がすまないんです」

なるほど、それなら仕方ないか。

何か頼まないとな。

それもなるべく彼女が悲しまないのがいい。彼女がつらそうにすると飯がまずくなるのはさっきわかった。

なら……。

「全財産を使ってしまって、宿代がないんだ。しばらく、一部屋貸してくれないか？　できれば食事も用意してもらえると助かる」

「はいっ、ぜんぜん構いません。お父さんの部屋を使ってください」

「じゃあ、それで頼む」

これでとりあえず、宿はどうにかなったし、餓死も回避できた。

とはいえ、いつまでも彼女に甘えるのもあれだ。

さっさと自分で稼げるようにならないと。

……そういえば、さっきキーアはダンジョンで肉を獲《と》ってきたと言った。

もしかしたら、それで食《く》い扶持《ぶち》が稼げるかもしれない。

あとでもう少し詳しく話を聞いてみるとしようか。

第五話　暗躍する魔王軍

～魔王城にて～

城内にあるロロアの工房には無数のモニターが並んでいた。

そこに映し出されているのはきつね亭の店内だ。

今はちょうど、ルシルが食事をしているところ。

ロロアがルシルに渡したロロアフォンⅦは常に位置情報を発信している。

しかも動力がルシルから漏れ出た魔力であるため、電池切れなどは存在しない。

ロロアフォンⅦが壊れたり捨てられたりしない限りはいつでもルシルの居場所がわかる。

そして、ロロアフォンⅦの頑強さは異常だ。海に沈めようが、溶鉱炉に沈めようが、大気圏から落下しようが壊れはしない。

眷属たちが本気で戦う余波に巻き込まれても壊れない設計なのだから当然だ。

「んっ、よく見えている。付近のカメラとの連動も完璧」

最近、天使の尖兵《せんぺい》が街に侵入する事例があったため、比較的大きな街には魔王軍が隠しカメラを設置するようになった。

そして、そのカメラはロロアフォンⅦに入っている隠しアプリによって、ルシルを追いかけるようになっている。

そこにロロアフォンⅦが拾っている音声を組み合わせると、まるでルシルが目の前にいるかのように鑑賞が可能。

さらにはガラス越しに撮っても画像処理により、窓の存在を感じさせない。

魔術防御されていなければ、壁があっても透視ができる、ロロア驚異の魔法科学技術の結晶。

それがルシルを盗撮するためだけに使われていた。

盛大な技術の無駄遣いである。

ロロアの顔が強《こわ》ばる。

ルシルとクマ獣人が揉《も》め始めたのだ。ロロアの手が、ドクロマークが書かれているスイッチへと伸びる。ボタンに指がかかったところで、なんとか穏便に話が終わった。

「危ないところだった」

モニターを見ているのはロロアだけでなく、仲がいいライナもだ。

ルシルが映り始めてからというもの、ずっと二人はモニターに釘付《くぎづ》けだったのだ。

「やー、おとーさんに怪我《けが》がなくて良かったの」

「運が良かったのは、あのクソクマども。あと少しでミンチになってた」

「それって、おとーさんがそうするってこと？」

「違う。このボタンをポチッとしてた」

「洒落《しゃれ》になってないの！」

そのボタンのヤバさをライナはよく知っている。

ルシルに危機が迫れば、迷わずロロアはそうしていただろう。

「でも、おとーさんは強かったの。不思議、あんな技、使ってるの見たことがないの」

ライナが首をかしげると、そのもふもふキツネ尻尾も一緒に右を向く。

「推測はできる……無数の粒子になって、三千人の契約者に宿り、力を分けてもらいながら復活の時を待っていた。宿っていた相手の経験・技量・知識を魂の状態で、追体験していたのかも」

そうでないと説明がつかない。

あの動きは超一流の格闘家のもの、一朝一夕で身につくものではない。

優れた体をルシルが持っているとはいえ、あくまでスペックだけの話で、知りもしないことをできるはずがない。

さきほどの荒事以外にも、ルシルの行動には違和感があった。千年後の世界に来たばかりだというのに、妙に落ち着いている。

千年前から何もかもが変わっているのだ。

具体例を挙げれば、千年前は貨幣という概念すらろくになかった。

なのに、ルシルは当たり前のように金を使いこなしていた。

「それって、ライナやロロアちゃんたちも含めた、三千人、ううん、普通の魔族は世代交代しておとーさんの欠片《かけら》を受け継いできたから……何万人もの力を使えるってこと!? すごいの!」

「それなら辻褄《つじつま》があう。ただ、自由に引き出せるってわけじゃなさそう。いくら魔王様だって数万人分の情報量は手にあまるから普段は表に出さないようにしてるはず。今のは防衛本能で無意識かつとっさに漏れ出た。……でも、あの体なら、少しずつ適応できる」

「じゃあ、体を鍛えながら、どんどん技も使えるようになっていくってことなの？」

「んっ、そのはず」

「おとーさん、死ぬ前より強くなるの！」

ロロアは頷《うなず》く。

今はただの人間に毛が生えたような体だが、その素質は元々の体を凌駕《りょうが》する。

実際、最初はたった二時間ほど歩くだけでバテていたのに、すぐに十キロを三十分で走れるようになっていた。

明日には、さらに速くなって体力もついているだろう。

魔力だって、たった数回使っただけで倍近く増した。

どこまでも強くなり続ける。

そんな最高スペックの体で、この地で生きてきた数万人の技・経験・知識を得る。

そんなものは最強に決まっている。

「ただ、油断はできない。今はまだまだ弱い。注意しないと万が一がある」

そう言って、ロロアはモニターを見つめる。

ルシルは、きつね亭に居候することになったようだ。

ちょっとロロアの頬が膨れた。彼女はルシルと一緒に暮らせるキーアに嫉妬しているのだ。

「だから、ロロアちゃんずっとモニターとにらめっこしてたの？　いつでもおとーさんを守れるように。大変なの……でも、ちょっとは休まないと倒れるの」

モニターにルシルが映ってから、ロロアは一秒たりとも目を離していない。

いかに、眷属といえど、そんなことをしていたら倒れてしまう。

ライナは心配そうにロロアの顔を見つめる。

しかし、バツが悪そうにロロアは顔をそむける。

「……違う。これはただの趣味。でて来て、アロロア」

アロロアとロロアが告げるとモニターの端に、身長が高く、いろいろなところが成長したロロアのような女性が現れる。

亜流のロロアだから、ア《亜》ロロア。

ロロアが開発した人工知能であり、ベースとなった人格はロロア自身。

『マスター、どのようなご用件でしょうか？』

「端末から送られてくる魔王様の肉体情報を明日の朝一でレポートにしといて。それから監視と護衛は継続でお願い。魔王様が何か困ってるようだったら、魔王様に気付かれないよう裏からフォロー、あの街に潜ませてる諜報部《ちょうほう》を使ってもいい。あっ忘れてた、あとで今日一日の見どころをまとめたハイライト魔王様を作っておいて。バックアップは五重に」

『はい、そのように』

一礼して、アロロアは画面から消える。

「別に私が監視しなくても、アロロアがずっと見てくれるし、的確な対応をする。こうして見てるのは、私がそうしたいってだけ。魔王様を見てると幸せ」

「むう、心配して損したの。でも、おとーさんを見てると楽しいっていうのは同意なの」

「んっ、画面ごしでも一緒にいれてうれしい」

「あと、気になってたことがあるの。工房の後ろにある、おとーさんの体、あれ、どうするの？」

ライナが背後を指差す。そこには水槽に閉じ込められた魔王ルシルの体があり、水槽には無数のコードが接続されていて様々なデータを取っていた。

魂が別の体に移り、抜け殻になったそれをロロアはしっかりと保管している。

「解析中。魔王様の体は私たちと根本的なところで作りが違う。良《い》いデータがとれてる。これでまた魔法科学は発展するし、天使対策ができるかもしれない」

「おとーさんを実験台にするのはなんかやなの」

「魔王様のためでもある。いつかは、あの体を魔王様に返したい。魔王様の体が光の粒子になって人々に宿ったのを覚えてる？」

「忘れられるわけがないの」

「あれを応用して、肉体を粒子化、その粒子すべてを今の魔王様の体に宿すことを目標にして研究中」

ロロアがいつの間にかメガネをかけており、くいっと指で上げる。

ロロアの視力は1・5。メガネなど必要ないが、これをつけるとテンションがあがる。

「おおう、なんかすごそうなの！」

「今の体を鍛え上げて、元の体より強くなったところで、前の体と合体させれば、究極完全体魔王様になる」

「無敵なの！　なんか必殺技とかも使えるようになりそうなの！」

ロロアは昔から、科学一筋でマッドなところがあったが、それがルシルの復活から思いっきり暴走している。

彼女自身も気付いていないが、それは好きにしろと言って離れていったルシルへの当てつけなのだ。

「……魔王様の体を手に入れたのは役得。いつでも魔王様と一緒。すりすりすると癒やされる」

水槽の中身は液体ではなくゼリー状のものだし、くっつかない。手を差し入れても濡《ぬ》れない。おかげで、何の気兼ねもなくすりすりできる。

「ああっ、ずるいの。ライナもするの！」

ライナも胸板に頬ずりを始める。そうして、恍惚《こうこつ》とした表情を浮かべていた。

二人とも、ルシルのことが大好きであり、魂が抜けたただの肉体といえども、こうしているだけで幸せなのだ。

「みんなには秘密。……みんなすりすりしに来るし、もっとえっ……ごほん、危ないことをしそうな子たちもいる」

「危ないってどんなことなの？　えっ、の続きは？」

「ライナは知らなくていい」

ロロアは顔を赤くして、背けた。

千年経っても、こういうところは変わらない。

「わかったの。危ないのは駄目なの。あっ、おとーさんがお風呂に入るの」

高速でロロアが振り向き、画面にかぶりつく。

ただ、大事なところに湯気がかかっていた。あれは違和感なく見えるが、アロロアの配慮である。マスターにはまだ早い。

「やっぱり、魔王様はいい体してる。ごくりっ」

食い入るように見るロロアとは対照的に、ライナは欠伸《あくび》して、キツネ尻尾を揺らしながら、ジュースとお菓子をもってくる。

「……んっ、魔王様がダンジョンに興味をもった。これは対策が必要」

「あそこはとっても危ないの」

ロロアとライナの二人は、ダンジョンにルシルが行った場合にどうするか意見を出して、盛り上がり、いろいろと企《たくら》み始める。

新生魔王軍の最強戦力のライナと、魔王軍最高の頭脳であるロロア。

二人の少女はルシルが復活した後の日常をしっかりと楽しんでいた。

さすがの魔王も技術の超進歩によって、自身が盗撮されていることなど気付きようがない。

それを知るのはもう少し後のことである。

第六話　魔王様は人気者らしい

～きつね亭～

湯船の中で手足を伸ばす。

きつね亭は一階が酒場で、二階が居住区になっており、俺はそこで暮らすことになった。

ここは離れにある風呂だ。

「風呂なんてもの、俺が生きていた時代にはなかったな」

もともとは山に住む、猿人族の風習で数十年前から流行《はや》りだしたそうだ。

猿人族の生活圏には温泉という、お湯が湧いてくる泉のようなものがあるそうだ。それがあまりにも気持ちいいものだからわざわざ都市部でもお湯を沸かしてまで、真似るようになったらしい。

これはいいものだ。

「ダンジョンか」

キーアが酒場で、ダンジョンで獲った素材を使った料理だと言っていた。

つまり、そこに行けば、肉が手に入るということ。

かなり興味がある。

いつまでもキーアに甘えてここで居候するわけにもいかない。

普通の人として生きていくなら、何かしら食い扶持が必要なのだ。

まっとうに働いてもいいのだが、何分、俺はもともとが魔王。人の下で働くというのにあまり向いていない気がする。

自由気ままな狩りぐらしというのは理想的だろう。

風呂から出たら、いろいろと話を聞いてみよう。

……何やら、ぼんやりとダンジョンのイメージが頭に浮かんできた。おかしいな、そんなものは知らないはずなのに。

◇

風呂上がりに用意されていた服へ着替えた。

魔王だったころ、服も魔力で練り上げた体の一部で、服を着るのが新鮮に感じる。

リビングに行くと、私服に着替えたキーアがいた。

「初めてのお風呂はどうでしたか？」

「気持ちよかったよ。風呂とはいいものだな」

「はいっ、私も大好きです。でも、井戸から水を汲《く》むの大変だし、薪は高いしで、なかなか入れないんですよ」

風呂はたまの贅沢《ぜいたく》という扱いらしく、いつもはタライに湯を張って布で体を拭くそうだ。

今日はキーアが俺を精一杯もてなそうと風呂を用意してくれた。

ただ、必死に水を汲《く》み上《あ》げては浴槽に注ぐ姿が大変そうだったので、見かねた俺は魔術でなんとでもなると伝えて、今に至る。

水を生み出す魔法で湯船を満たして、火球を水に落とせば風呂の完成。

魔力が上昇したおかげで、風呂いっぱいの湯を作るのもさほど難しくなかった。

「キーアも入るだろう？　あとで言ってくれ。湯を温め直す」

「いいんですか!?」

「魔力を鍛える訓練にもなるしな」

「二年ぶりのお風呂ですっ！」

キーアがにっこりと笑う。

「あっ、はしゃいじゃってごめんなさい。私がもてなさないといけないのに」

「気にすることはない。キーアが楽しそうにしているとこっちまで楽しくなるんだ。そんなに喜んでくれるなら、毎日風呂を沸かそうか？」

「夢のような生活ですっ。甘えちゃいますね。……そのお礼というわけじゃないですが、こんなものを用意しています」

そして、すぐにキッチンに戻っていき、何かをとってきた。

「余りもので、おつまみを作りました。あの、色々と話をしないといけないですし、お酒とおつまみがあったほうがいいですよね」

「ああ、そのほうがいい」

酒場での飯はうまかったが、もう少し食べたいと思っていたところだ。

氷で冷やしてくれた酒が火照った体に染みて最高だ。

さっぱりした料理が並んでいる。

口にしてみると、どれもこれもうまい。

キーアは看板娘として接客をしていたが、料理もばっちりできるようだ。

キーアは俺が食べるところを見てにこにこしていた。

「お父さんの服がぴったり。なんか懐かしい感じがします」

「形見なんだろう。使っても良かったのか？」

「このお店を救ってくれた恩人ですから。お父さんだって文句は言いませんよ。それにどこか、お父さんに似ているんです。見た目だけじゃなくて、話し方とか」

「そっ、そうか」

……俺はそんなに老けているのか。

いや、年齢のほうは軽く千歳を超えてはいる。だが、見た目は若いという自負があった。

「あの、今更なんですけど自己紹介をしませんか？　これから一緒に暮らすんですから」

「それもそうだな」

「私の名前はキーア。このお店の看板娘です」

「俺はルシルという」

「ルシル？　魔王様と同じ名前ですね」

「……ちょっと待て。魔王ルシルを知っているのか？」

千年も経てば俺の名前なんてとっくに忘れ去られていると思っていた。

「魔王ルシル様が、悪逆非道の天使と人間たちから魔族を救ったってお話は誰でも知ってますよ。みんな子供のころから昔話で聞かされますから。だから、魔王ルシル様みたいなかっこよくて、優しくて、強い人になるようにって、子供にルシルって名前をつける親が多いんです」

いつの間にか、俺の存在はおとぎ話みたいになっているようだ。

「そうなのか……知らなかったな」

「そういうことを聞くってことは、この街の人じゃないんですね」

「ああ、旅をしてここへ来た。ちなみに、魔王ルシルの昔話を聞かせてもらっても？」

「いいですよ」

キーアがよどみなく、魔王ルシルの物語を語る。

魔王軍と神たちの戦いを子供でも簡単に理解できるよう、嚙《か》み砕《くだ》き、短くまとめたもの。よくできているし、大筋では間違っていない。

だが……。

(これは、ちょっと美化されすぎじゃないか)

魔王ルシルがかっこよく描かれすぎている。これじゃまるで英雄譚《たん》だ。

冷や汗が流れる。

この物語、おそらく眷属連中が作ったものだろう。

こういうの得意な奴に心当たりがあるし、俺に近い奴しか知らないエピソードが盛り込まれている。

「以上です。あっ、小説や絵本や、漫画もありますよ。私、魔王ルシル様の大ファンなので、ぜんぶ揃えているんです。あとでお見せしましょうか？　それから、繁華街のほうだと演劇や人形劇、紙芝居なんかの定番メニューにもなってます。今はお金がなくて行けませんが、昔はよくお父さんにせがんで演劇に連れて行ってもらいました」

「……魔王ルシル、人気なんだな」

「もちろんです！　私たちにとって恩人で、本当の意味で神様なんです。物語だと最後に千年後、魔王ルシル様は蘇《よみがえ》るって締められているのですが、なんとその千年後が今らしいんです。

もしかしたら、もう魔王ルシル様はどこかで復活しているかもしれないんですよ！　会ってみたいですね。どんな素敵な人なんだろう？」

キーアがうっとりした顔をする。

俺がその魔王ルシルだってことは黙っていよう。

俺はただの人としてこの世界を楽しむ。魔王ルシルとばれたら、そんな望みは絶対かなわない。

……あと、ハードルが上げられすぎて怖い。いや、だってこんな夢見る乙女のきらきらした瞳を浮かべているんだ。現物《おれ》を見たらがっかりするかもしれない。

「あんまり期待しすぎないほうがいい。案外、普通の奴かもしれない」

「ありえません！　魔王ルシル様はかっこいいんです！」

やめて、照れる。

「普通のルシルさんは、どんなお仕事をされているんですか？」

元魔王です。

と言えば簡単なのだが、ここは少々ぼかして説明しよう。

「元々は、その、とある事業をしていて社長だったんだが、引退して旅に出たんだ」

魔王は社長みたいなものだから、間違ってないだろう。

「あのお金って、会社を売ったお金じゃ!?　それで優雅な旅をするはずだったんじゃ？」

「いや、会社を売ってれば、桁が三つ、四つは違う値段になったはずだ。あれは退職金だよ」

否定する必要はなかったのだが、魔王軍が土地一つ分の価値しかないと思われるのはな……。

魔王軍《あいつら》、どうしているだろう。元気にしているといいが。

「そんな大事なお金を……あの、私、がんばって恩返しします！　それから、ちょっとずつでもお金は返していきます。大したことはできないですが、ここに住んでいる限り、毎日美味しいものを食べさせると約束します！」

「金は別にいいが、食事のほうは遠慮しないでおこう。そう言えば、母親はいないのか？　一緒に住むなら挨拶をしておかないと」

気になっていたことを聞く。

クマ獣人の取り立てのときも、表に出てこなかった。

母親なら、娘を庇うために出てきてもおかしくないし、居候するのだから挨拶しておきたい。

「あの、その、お母さんは病気になって、だいぶ前から入院中なんですよ」

「繁盛店なのに金がなかったのはそれでか」

「それは割と昔からのところがありますね。お父さん、美味しいものを安くたくさん食べてほしいからって、あまり利益が出ないんです」

薄利多売の儲《もう》からない商売に母親の入院。この子が苦労するわけだ。

「治る見込みはあるのか」

「普通の治療だと難しい病気なんです。でも、ダンジョンにはどんな病気も治せる薬があるってお話なので、食材を探しがてら、そっちもがんばっているんですよ。ぜったい、いつか薬を手に入れて治してみせます」

ぎゅっとにぎり拳を作る。

強い子だ。普通の子ならとっくに心が折れているだろうに。

「その、ダンジョンっていうのはなんなんだ？」

「知らないんですか？　街の外れにある巨大な塔です。魔物がいっぱいいて、魔物を倒すと、色んなものが手に入ります。そういえば、明日から三日は、ダンジョンの日ですね。一緒に行ってみますか？　腕に覚えがありそうですし、私がついていれば大丈夫です。こう見えて六歳のときからお父さんと一緒に狩りをしてたので、十年選手の大ベテランです！」

たしかに、十年も狩りを続けているのなら信頼していい。

慣れない俺のフォローをしてくれるだろう。

「ああ、頼む。ダンジョンを知るなら、話を聞くより、目で見たほうがずっと早そうだ」

「じゃあ、お父さんの装備を出しときますね。服がぴったりなら、きっと装備も使えます」

さすがにそれは悪いと思ったが、不思議とキーアが上機嫌なので遠慮はしないことにした。

「そもそも、なんで酒場をやっているキーアがダンジョンで狩りなんてしているんだ？」

「きつね亭はダンジョン料理のお店。ダンジョンで獲ったいろんな食材を使って作る美味しくて珍しいメニューが売りです。材料を買うより、自分で獲った材料を自分の店で売るほうがずっと儲かります。うちはお父さんのころから、そうすることで安くて美味しい料理を出してきました」

たしかにそうだろうな。

関わる人が少ないほど、儲かるのはどの商売でも基本だ。

それから、キーアに軽くダンジョンについて聞いてみた。

深いところは実際に目で見ないとわからないが、さわりだけでも聞いておくことに意味がある。

ふむ、だいたい概要はわかった。

だが、わからないのはそんな都合のいい存在を誰がどうやって作ったかだ。

それこそ、天使たちが管理者権限を使い、世界改変を行うぐらいの無茶をしないといけないはずなのに。

とりあえず、明日は実物を見よう。

そしたら、色々とわかるだろう。

◇

翌日、ダンジョンに向かう。

俺たちの格好はいわゆる戦うもののそれだ。

キーアが着ているのはただの服に見えるが、魔物の糸を紡いでできた強靭《きょうじん》なものだ。

俺のほうは魔物素材を使った革鎧《よろい》。

(……この島に魔物がいること自体がおかしいはずだが、どういうわけだ)

そもそも魔物というのは魔族を駆除するため、天使が管理者権限で生み出した強化生物だ。

逆に言えば、管理者権限を使わねば生み出すことができない代物。

そんなことを考えながら街を歩き、街の外れにあるというダンジョンを目指す。

「はいっ、これがお弁当です」

「こいつは豪勢だな」

「今日は荷物持ちを雇わずに済んだので奮発しました!」

そうか、当然肉を獲ったら運ばないといけない。

一人では運べる量に限界があり、人を雇うのだろう。

そして、今日は俺がいる。リュックを二人とも背負っており、かなりでかく丈夫だ。

とんでもないものが視界に映り、足を止めてしまう。

「……こいつは」

「魔王ルシル様像ですね」

やはりというか、なんというか、俺を思いっきり美化してある。

作者の銘が刻まれているが、思いっきり知り合い。眷属の一人だ。

「こんなものなんであるんだ？」

「うん？　魔王ルシル様像は大きな街ならどこでもありますよ。魔王ルシル様への感謝を忘れないようにって、魔王軍の皆様が設置しているんです。これを知らないなんて変です。いったい、どこに住んでいたんですか？」

「それは秘密だ」

ごまかしておく。下手に嘘をつくとバレかねない。

魔王軍の連中はやりすぎだろう。

「そうですか。こうして銅像と見比べるとほんとルシルさんって、魔王ルシル様とそっくりです。もちろん、魔王ルシル様のほうがかっこいいですが」

「そっ、そうか」

この銅像、美化するのはいいがもっと加減しろと言いたい。

「やっぱり、魔王ルシル様はかっこいいです」

キーアは胸の前で手を組んで、恋する乙女の表情で魔王ルシル像に見入っていた。

キーアがここまで俺に良くしてくれるのは、魔王ルシルに似ているからってわけじゃないよな？

◇

ダンジョンは巨大な塔だった。

どことなく神の塔に似ている。

雲を貫く巨大な塔、人の手では作れない神の御業《みわざ》。

その塔には次々とひっきりなしに人々が入り、入り口付近には無数の露店が立ち並び盛況だ。

「なるほど、そういうわけか」

思わず笑みがこぼれる。

間違いなく、管理者権限を使って作られたもの。

俺は、これを見てようやくダンジョンとは何かを完全に理解した。

そして、どうやって神の力が及ばないこの地で、こんなものを作り、それがこの島を生きる魔族たちにどういう影響を及ぼしたのかもわかってしまった。

ひどい抜け道を使っている。

だが、面白い。まさか神や天使も魔族を滅ぼすためのおもちゃで、魔族たちが繁栄するなど、考えてもいなかっただろう。

魔族《わがこ》たちはずいぶんたくましくなったものだ。

第七話　魔王様と初めてのダンジョン

天使の管理者権限を使えば、世界の改変ができる。

そして、改変に必要なリソースの量はどれだけ人々の運命に影響を及ぼすかで決まる。

神の箱庭内であれば、リソースはほぼ無限。なんでもやり放題であり、それこそ俺たちに勝ち目なんて一欠片もなかった。

だから、千年前の俺は箱庭の一部を切り離し、それを方舟として逃げることにしたのだ。

神の箱庭の外ではろくにリソースが使えないため、なんとか勝負になる。

しかし、それには抜け穴があったようだ。

この塔を見る限り、がっつりと魔族たちの運命に干渉している。莫大《ばくだい》なリソースがかかるのは間違いない。

本来なら、こんなものあるはずがない。それを可能にした手品は、人の運命に与えるプラスの影響とマイナスの影響を等価にしてしまうという抜け道だ。

（よくこんな手を思いつく）

魔族を駆除するための魔物を生み出し、襲わせるのは運命へのマイナス干渉。しかし、その魔物を倒せば報酬を与えるように設定することでプラス干渉を発生させ、差し引きゼロにする。そうすれば、神のリソースをろくに使えない地でも試練の塔なんてものが作れる。

(千年前はだいぶこいつに苦労させられたな)

試練の塔は、一定量の魔物を生み出し続ける、そしてある程度の魔物が溜《た》まると、魔物はどんどん外に出ていってしまう。

魔物はもともと魔族を駆除するために作られており、本能的に魔族を襲う。

天使たちは塔を島に打ち込むことによって、魔物をはびこらせ、魔族を絶滅させようとしたのだ。

むろん、天使だって魔物を倒すことで魔族が報酬を得ることは危惧しただろうが、魔族たちが魔物を倒すことなど不可能。倒されなければ報酬を得ることもないからなんの問題もないと考えた。

(だが、結果は違った)

魔族たちは強くなっていた。

魔物を倒せるほどに。

その結果、魔物を倒すことで報酬を得ることができ、さらに強くなる。

強い魔物でないと魔族たちを殺せないが、プラス・マイナスを等価にしないといけない縛りがある故に、強い魔物ほど強い恩恵を魔族にもたらす。

その結果、魔族たちは試練の塔を利用して繁栄した。

天使どもの目論見《もくろみ》は完全に失敗だ。

『神や天使の思惑を超えるとは。まったく、我が子らはたくましく育ったものだ。誇らしく思う』

ここなら、キーアが言っていた、どんな病気でも治せる薬なんてものも手に入るかもしれない。

何せ、神の力で与えられる報酬なのだから。

「これがダンジョンです。驚きましたか？」

「ああ、驚いた。ダンジョンっていうのはここだけか？」

「私が知っている限り、五つあります。ぜんぶ、大きな街の隣ですね」

「なるほどな」

大きな街の隣にあるというよりは、ダンジョンの近くに街を作って栄えたと言ったほうがいいだろう。それは魔族らが試練の塔を資源だと思っているからに他ならない。

「さあ、狩りますよ。この三日で、一週間分の材料を確保しないと！」

「燃えているな」

「はいっ、お母さんの入院費と、ルシルさんへの借金返済のためです」

「金はいいと言っただろうに」

「そういうわけにはいきません！　無利子にしてもらったうえ、生活費とお母さんの入院費にお金を優先してもいいなんて甘えまくってます。これ以上はさすがに甘えられません！」

昨日もこの点で揉めた。

俺は金などいいと言い続け、最終的な落とし所が、キーアが今言ったことだ。

「金を稼ぐなら、料理を値上げしたほうが早いと思うが。あの味と量だ。高くしても客は来るぞ？　というか、今は客が多すぎてパンク寸前だ。客が減ったぐらいでちょうどいいんじゃないか？」

その言葉を聞いたキーアは困ったような笑顔を作る。

「……お母さんが入院したときとか値上げするか悩んじゃいました。値上げしたら、ルシルさんの言う通りになってもっと楽できるし、儲かるってわかっているんです」

「なら、今からでもそうしたらどうだ。キーアはがんばりすぎだ」

キーアは年頃の女の子だ。

いろいろとしたいことがあるだろうし、欲しい物もあるだろう。

なのに、今は働き詰めで、自分の時間も自分に使える金もない。

あまりにも不自由に見える。

「そうですね。でも、値段をあげちゃったら、お父さんのきつね亭じゃなくなるんです。お父さんは美味しいものを安く、たくさんの人に食べてもらうためにあの店を作りました。私はお父さんのきつね亭を守りたいんです。さて、お話は終わりです。行きましょうか！」

「そっか」

俺は笑う。がんばり屋で、芯があるキーアのことがますます気に入っていた。

この状況をなんとかしてやりたいと思うほどに。

◇

ダンジョン周りの露店で水やら、傷薬、予備のナイフを買った。

ダンジョン周りに店が多くあるのは、ダンジョン目当てで来る客を見込んでのことだ。食べ物を売る屋台もなかなか盛況。

他にも売るだけじゃなく、ダンジョンから持ち出したものをその場で買うものたちも多くいた。

キーアが言うには、街まで戦利品を持ち帰るのはしんどいが、この場で売って荷物をなくし、代わりに露店で消耗品を補充すれば、またすぐにダンジョンに戻れて便利だそうだ。

その代わり、この辺りで売られているものはたいてい割高だし、買取の査定も辛いらしい。

ここにいる商人たちには、いつダンジョンから魔物が飛び出してくるかわからない場所で商売をしている。

そのリスクの分値段が上乗せされるのは当然であり、便利という付加価値が値段に乗るのも当たり前なのだ。

そんな露店街を通り抜けて、いよいよダンジョンの中に入る。

奇妙な浮遊感。

転移する際の独特の感覚がした。

なるほど、この中は異界というわけか。

神の力で作られた塔、せいぜい楽しませてもらおうじゃないか。

◇

奇妙な浮遊感が終わり、目を開ける。

太陽が眩《まぶ》しい。

そう、塔の中に入ったにも拘《かかわ》らず、空には太陽が輝き、足元には草原が広がっていた。

大きな塔ではあったが、さすがに地平線まで見えるのはおかしい。

物理的に、こんな広さはありえないのだ。

それはあくまで塔という見た目をしているだけで、ここがある種の異世界だからだ。階層ごとにそこに住む魔物が適応する環境が用意されている。

背後を見ると、青い渦のような力場があった。

これが塔の入り口で、出るときはここを通らないといけない。

「人が多いな」

「街にはダンジョン目当てでやってくる人たちが多いですからね。うまくやれば儲かりますし、特別な資格とかもいらないんで大人気ですよ。ダンジョンでお金を稼ぐ人は冒険者って言われてます」

キーアは知り合いが多いようで、しきりに挨拶したり、手を振っている。

「これだと、獲物の取り合いになるな」

「なりますよ。特に入り口付近は大人気です。ここで狩りができたら楽ですからね。荷物がいっぱいになってもすぐに外へ行って売れるし、消耗品の補充も楽。なにより、いざというとき助けてもらえるので安全です」

「安全で便利な代わりに苛烈な獲物の取り合いをする入り口付近で狩るか、競争相手が少なく獲物を見つけやすい代わりに危険で不便な奥のほうで狩るかってことか」

「その通りです。ちなみに、私はいつも奥のほうで狩っています。さあ、行きましょう。こんなところだと、丸一日粘って坊主とか普通にありますからね」

軽やかな足取りでキーアは進んでいく。

「これだけ、見事な草原だと逆に迷いそうだ」

目印になるものが何もない、だだっぴろい草原。

だからこそ、迷う。目印一つないのだから。

いずれ、方角すらわからなくなるだろう。

「大丈夫ですよ。お父さんがダンジョンでも使える魔道具のコンパスを残してくれました。そして、ここは私の庭みたいなものです」

「頼りにしているさ」

「はいっ、任せてください！　あと、ここからはいつ魔物が出てもおかしくないのでそのつもりでいてくださいね」

周囲を警戒するためか、キーアのトラ耳がぴくぴくと動いている。

たしかに、足取りはしっかりとしていて歩き慣れていそうだ。

ふと、ロロアからもらった端末、ロロアフォンⅦを取り出し地図アプリを呼び出す。

異空間でも使えるのか気になったのだ。

さすがに地図がぱっと出るわけじゃなかった。

ただ、歩くことで周囲の地形が自動マッピングされる仕組みになっている。

ちゃんと現在地にマーカーがあり、なんと入り口の青い渦がちゃんと表示されていた。

とても便利だ。歩くだけで完璧な地図ができ上がるし、自分の位置を見失うこともなく、常に入り口がわかる。

ロロアの奴、千年でとんでもない成長をしたな。

(これがあれば、迷うことはないな)

この端末をなくさないようにしなければ。

……というかロロアの奴、俺がダンジョンに潜ることまで想定していたのか。じゃなきゃ、こんなアプリ入れておかないだろう。

ちょっと怖いぐらいだ。

あの子は昔から念入りに準備をする子だったのだが、さらに磨きがかかっている。

いつか、再会したらちゃんとお礼を言わないと。

ロロアのおかげで、こうして曲がりなりにも普通に生きていけるのだから。

「ぼうっとしちゃ駄目です。魔物がでるって言いましたよね!」

「悪い、集中する」

何はともあれ、今は狩りだ。

ここで俺が働けるのかしっかり試させてもらおう。

第八話　魔王様は勧誘する

獲物の奪い合いを避けるために一時間ほど歩くとさすがに人がまばらになってきた。

キーアがくんくんっと鼻をならし、表情を引き締める。

「匂いがします。獲物が近いですよ」

そして、彼女は魔力を高めて放出し始めた。

魔力の使いみちは主に二つ、魔術を使うか、魔力で体を包み身体能力を増すかだ。

キーアのそれは後者に見える。

「まだ、魔物もいないのに魔力を垂れ流すなんてもったいないんじゃないか？」

「魔物の匂いがちょっぴりしてるので、そう遠くない場所にいます。魔物は私たちの魔力を肉ごと食べるのが大好きなので、こうして魔力を流すと……」

その言葉が終わらないうちに轟音《ごうおん》が響く。

背の高い草が揺れて、前方数メートルの位置に茶色と黒の毛皮が見えた。

大型のイノシシ、ただのイノシシと違うところは角が生えているうえに、魔力で身体能力を強化していること。

尋常じゃない速度で突っ込んできており、時速百キロを軽く超える。

あの速度と重量がある突撃で、角で突かれようものなら即死だろう。

端末が震える。

『ホーン・ボア：知能は低いが、その突進力は脅威。角は硬く、鉄すら貫く。肉はそれなりに美味しい。

必殺技：ホーンクラッシュ（角を活かした突進）

ドロップ：イノシシ肉（並）、白ツノ、獣の皮（並）』

魔物図鑑アプリが起動していた。

……ロロアフォンⅦ、機能を盛りすぎだろう。

しかし、そんな凶悪な魔物が相手でもキーアは慌てない、それどころかホーン・ボアに向かって走っていく。

ぶつかる直前に軽く跳んで空中で反転し、角をギュッと握る。そして角を起点にしてくるっと回って背中に乗ってしまった。

背中に乗ったキーアは鮮やかな手並みで、短刀を振るい頸動脈《けいどうみゃく》をかき切る。

噴水のように血が噴き出て、それでも数十秒ホーン・ボアは走り、力尽きて、その場に倒れ、キーアが飛び降りた。

一連の動作は戦いというには余りにも滑らかで美しく、息をすることも忘れてしまった。

「見事なものだ」

どんな生き物でも、首筋の血管は弱点だ。

危なげなく効率的に殺す。ベテランというのは伊達《だて》じゃない。

そして、魔力量、反射神経、魔力を使った身体能力強化技術、どれも素晴らしい。キーアはなかなかの傑物だ。

「こんな感じで狩りをしているんですよ！　ブイッ！」

息を弾ませて、キーアがVサインをする。

それに拍手で応えた。

「これを今から解体するのか？」

「いえ、ダンジョンの魔物はそういう生き物じゃないです」

しばらく見ていると、なんと青い粒子になってホーン・ボアが消えていき、代わりの木の皮で包まれた肉が置かれていた。

キーアがそれを拾って戻ってくる。

「ふふふ、イノシシのお肉です。これ一包で三キロぐらいありますよ。しかも野生のイノシシとか、養豚とかより美味しくて良い値がつくんですよね」

ほくほく顔でリュックに詰めた。

なるほど、魔物という試練に打ち勝った報酬というわけか。

「ほう、どれぐらいの値段がするんだ？」

「そうですね、お肉屋さんで買うなら三キロで一万五千バルぐらい。売るならその半分ってところです。でも私は売らずにお店で使っちゃうので、一万五千バルを丸儲けですよ！　たった一時間ちょっとで、一万五千バル……ふっふっふっ、これだから狩りはやめられません」

そう言えば屋台の小さなパン一つ、百バルぐらいだったか。

それを軸にして考えると、店売りで百グラム、五百バルだからそれなりに高い肉といった感じだ。

「本当に割に合うのかは疑問だ。一歩間違えたら即死だぞ」

鉄を貫く角を持ち、時速百キロを超える速度で突っ込んでくる大イノシシ。

こんなものと戦うのは命がけだ。

これから、一日中狩りをすれば、あと三体ぐらいはいけるだろうが。それでも店で肉を売るなら、せいぜい二万バルぐらいにしかならない。

命がけで日当が二万バルぐらいにしかならないのに、よく冒険者はやっていけるものだ。

「十分ですよ。普通のお仕事だと日当が一万バルぐらいですから。それに、手に入るのはお肉だけじゃないですよ。ホーン・ボアは角とか皮を落とすことがあって、そっちのほうが高く売れるんです。だいたい、一日潜れば、四万バル程度にはなります。あと、ぶっちゃけ、うちの店の値段維持するには、店買いとか無理ですし。がんばらないと」

キーアが腕まくりをして、トラ柄の尻尾がピンっと伸びる。

「そういうものか」

「はいっ。……もっと深く潜れば、もっと強くて、その代わりすごいのを落とす魔物がいるんで何倍も稼げたりするんですけどね。だいたい冒険者は二極化してます。私みたいに浅いところで安全だけどあんまり儲からない狩りをする人と、どんどん潜って命がけで荒稼ぎする人」

俺から見たら、あのイノシシの時点で、まったく安全に見えないのだが……。たしかにキーアの動きに危なげないところは一切なかった。

「キーアなら深いところで荒稼ぎもできるんじゃないか」

「たぶん、できます。私、けっこう強いしベテランですからね。でも……」

「でも、なんだ」

「ここから上は罠《わな》があったり、毒を持っている魔物が多くて、一人だと毒をもらった時点で終わりなんです。解毒薬を持ち込んでも、体が動かなくて飲めないかもしれません。死角が多くて、一人じゃ周囲を警戒しきれないですし、深く潜ると野営も必要になります。見張りの人がいないと眠れません。一人じゃ無理なんです」

たしかにそうだろうな。

キーアが口にしなかったこと以外にも一人だとどうしようもないことは数多くある。

「私は万が一にも死ねないんです。今、お店とお母さんを守れるのは私だけですから。……ただ、お母さんの病気が治せるお薬を落とす魔物はもっと深いところにいて、いろいろと難しいんです」

その言葉の奥には、彼女のもどかしさが見え隠れしていた。

今の会話の中で気になることがある。

「ちょっと待ってくれ。母親の病気を治せる薬を持っている魔物に目星はついているのか」

「はい、ここより五つ上の階層にいる魔物が落とします。年に二、三回は薬が市場に出回ってますよ」

「出回っているなら、薬を買えばいいんじゃないか？」

「……絶対無理です。たいていの病気を治せちゃう薬なので、みんな欲しがります。お貴族様も、お金持ちも。なのに年に、二つ、三つしか出回らないんですよ。とてもじゃないけど買えません。だから、自分で手に入れるしかないんです」

言われてみればそのとおりだ。

そんな薬、誰もが欲しがる。金での奪い合いになれば、ただの町娘のキーアに買えるはずもない。

……とはいえ、俺ならどうにでもできる。

俺の眷属に、キーアの母の病気を治せるだけの力をもった奴がいる。

あるいは金だって、俺が望めば眷属たちが用意してくれるだろう。

ただ、それらは魔王の力だ。

俺は一般人として生きると決めた。彼らに頼るわけにはいかない。

だが、救える力があるにもかかわらず、助けない気持ち悪さも感じていた。

なら、やるべきことは一つしかない。

今の俺の力で、キーアを助ける。

「キーア、一人だと危なすぎるから駄目だと言ったな」

「はい。一人で上の階層に行くのは自殺行為です」

「なら、俺と一緒ならどうだ？　二人で薬を手に入れよう。俺は冒険者とやらになってみたいと思った。面白そうじゃないか。己の力で獲物を狩り、食い扶持を稼ぐ。夢があるし、シンプルでいい」

もともとダンジョンで稼ぐことは考えていた。

そうした場合、俺もキーアと同じように一人では高い階層に潜れないという問題に直面するだろう。

仲間を探すにも誰でもいいというわけにはいかない。その点、キーアは性格も能力も申し分ない。

ここで俺とキーアが組めばその問題も解決する。

さらに、キーアを助けることもできて万々歳だ。

「お気持ちはうれしいですが、ダンジョンはルシルさんが思っているより、ずっと危ないですよ」

「だろうな。だが、キーアが思っているより俺は強いかもしれない。……今日は一緒に狩りをしてくれ。そのなかで命を預けるに値する男かを判断してほしい。次の魔物は俺が倒してみせよう。だいたい要領はわかった」

なぜか、このダンジョンに来てから調子がいい。

体がここを知っている、どこか懐かしい感じがする。

それに、腰にぶら下げている剣が妙に馴染《なじ》む。

剣などろくに振るったことがないのにもかかわらずだ。

この直感を信じて、剣を振ってみるとしよう。

そうすれば、俺に力があることをキーアにも認めさせることができる。

そんな気がするのだ。

第九話　魔王様の実力

草原をさらに進む。

奥へ行くほど、人が少なくなっていった。

そして、入り口にあったものと同じ青い渦が見つかる。

「あっ、それに触ったら駄目ですよ。第二階層に潜っちゃうんで」

「入り口付近なら、安全じゃないか？　取り合いも少なくなるだろうし」

「いえ、入り口付近だって油断はできません……その、失礼な言い方をすれば、第二階層でルシルさんを守る自信がありません」

だろうな。キーアから見たら、俺はあくまで多少腕に覚えがある素人だ。

……だからこそ、俺ができるところを見せないとな。

キーアが立ち止まり、トラ耳がぴくっと震えた。

「くんくん、魔物の匂いがします。ここで、魔力を放出すれば、魔物を釣れます。あの、本当に戦うんですね？」

「そのつもりだ」

「危なくなったら助けますから、あまり私から離れないように戦ってください」

頷いておく。

キーアの父親が使っていたという剣を引き抜いた。飾り気がない無骨な剣。

だが、丈夫で機能的ないい剣だ。よく手入れがされている。キーアは使いもしないのに、手入れを欠かさなかったのだろう。

大事に使わないとな。

そして、キーアがそうしたように魔力を拡散する。

昨日より、魔力量があがっているのを感じた。

おそらく、昨日風呂を沸かしたことで鍛えられたからだろう。魔力は少しでも多いほうがいいからな、これからできるだけ魔力を使うとするか。

「来ましたよ、あれは、兎《うさぎ》さん!? 駄目です、魔力を消して!」

兎さんと可愛い呼び方をしているが、どこからどうみても凶悪だ。

まずでかい。体長が二メートルほどある。

あと、足の筋肉がエグいぐらいに発達してふとももなどキーアの胴回りぐらいありそうだ。

端末から音が鳴る。

『ラビットキッカー：縄張り意識が強く、非常に好戦的。脚力に優れ、必殺の飛び蹴りは岩をも砕く。肉はあっさりして美味しい。

必殺技：兎飛び蹴り（超高速の飛び蹴り）

ドロップ：兎肉《うさぎにく》（並）、白いもふもふ毛皮』

……鉄をも貫く角に比べたら、まだ岩を砕く飛び蹴りのほうが温《ぬる》そうだ。

とはいえ、問題はその機敏さ。

兎跳びしながら距離を詰めてくる。

もはやそれは瞬間移動に近い速度で、まるでジグザグに飛ぶ弾丸だ。

それを体捌《さば》きで躱す。

この体は非常に眼が良く、音にも届く速さでも見えていた。

奴は遥《はる》か後方で着地すると、右に左に跳ねてフェイントを入れながら、距離を詰めてくる。

「あれは、滅多にでないやばい魔物なんです、何人も蹴り殺してきました。通称、白い悪魔です！」

なるほど、浅い階層の割にやばい奴がでてきたと思った。

ただの攻撃力なら、ホーン・ボアのほうが数段上だろう。

しかしだ、ラビットキッカーは俊敏性が高く、どこから攻撃してくるかわからない。

事実、フェイントを入れながら、距離を詰め、側面に回り、死角から蹴りを入れてきやがった。

だが……。

「見えているぞ」

なんとなく、奴の行動が読めた。奴の飛び蹴りの先端に剣を置く。ひどい衝撃で右手首がいかれてしまうが、代償に奴の足に剣が突き刺さった。

「ぴぎゃあああああああああ」

兎が悲鳴を上げて倒れ込み、剣が突き刺さっているせいか、起き上がることもできない。

追撃したいが、利き腕は使い物にならない。

なら、使うのは魔術。

「【黒炎弾】」

黒い炎の弾丸が倒れた兎を燃やし尽くし、絶命させる。

魔力量が増した結果、生活魔術の数倍もの魔力量が必要な攻撃魔術を使えるようになっていた。

そして、兎が青い粒子になって消えたあとには真っ白でもふもふな毛皮が残される。

「残念、肉じゃないようだ」

「いえ、むしろ大当たりですよ！　白い悪魔の毛皮って、本当に質がよくて、お貴族様やお金持ちに大人気なんです。売れば、さっきのお肉がいくつも買えるお値段になります」

「それは良かった」

「って、そんなことより、手首が変な方向に。いっ、痛くないんですか？」

完全に折れてるから曲がってはいけない方向に曲がっている。

だが、なぜか痛みへの耐性があるようで痛みは存在してても我慢ができる。

「治しておかないと不便だな。【回復《ヒール》】」

魔術を使う。自己治癒力を向上させるためのもの、腕が切り落とされたりすれば意味がないが、こういう単純骨折なら一瞬で治せる。

「うそっ、回復魔術なんて」

「そんなにすごい魔術じゃない。ただの【回復《ヒール》】だ」

術式構築難易度は高いが、魔力消費量はさほど高くないのだ。

とはいえ、さきほどの攻撃魔術と合わせてほぼほぼ魔力を使い切った。

本格的に魔術を頼りに狩りをするなら、もっと魔力量を上げないと話にならない。

そうとう、魔術の鍛錬はがんばらないといけないと実感する。

「すごいですよ！　だって、教会で何年も修行しないと使えない技ですよね！」

「いや、別に術式を知って練習すれば誰でも使えると思うんだが」

「そうなんですか？　でも、教会の人たちは、神の力を借りる技だから、信仰心がないと無理って言ってたのに」

「たぶん、そういうことにしたいんだろうな。回復魔術が、神の奇跡だってしといたほうが、教会が儲かるし。意図的に回復魔術の術式を隠しているんじゃないか？」

「……ううう、ずるいです」

当時から使えるものが少なかった魔術だ。どこかで、そいつらが教会を立ち上げて、回復魔術をそういうシンボルにしたと推測ができる。

「それより、俺の腕前はキーアのお眼鏡にかなったかな？」

「はい、その、たぶん私より強いです。身のこなしもそうですし、攻撃魔術が使えるなんてすごいです。何より、回復魔術が使えるってのがやばいですね。ふつう、怪我したら、もうその後はなんとか隠れながら逃げ帰ることしか考えられないです。でも、回復魔術があれば、治して狩りが続けられるし、何より安全です」

「解毒魔術なんてものもある。どうだ、俺を連れて行きたくなったか？」

手応えがばっちりなので、調子に乗ってドヤ顔を決める。

「はい、かなり……でも、ただでさえ、ルシルさんには借金があるのに、これ以上甘えるのは」

「甘えてるわけじゃない、俺がキーアと一緒に狩りをしたいんだ。一緒にいると楽しいからな。あと言っておくが、儲けは折半だ。ベテランのキーアが俺にダンジョンの基本を教える。そして俺は魔術で役立つ。対等な関係だと思うが？」

俺は微笑《ほほえ》む。

俺は昔から、割と気難しい方で、眷属以外と仲良くなることが少なかった。

だからこそ、たまに波長の合うものがいれば大事にしてきた。

「その、少し考えさせてください。あの、今の条件が悪いとか、ルシルさんの腕を信用していないわけじゃないんですよ。たとえ、ルシルさんが一緒でも、あそこまでいくのはすっごく危ないんで」

「構わないさ、今日を含めて三日は狩りをするんだろう。まずはお試し期間ということにしよう」

「はいっ！　そうします」

まだ日は高い。

がんばって、狩りをしてキーアにもっと実力をアピールしよう。

そして、二人で狩りをしていき、いずれは冒険者として名を馳《は》せるのも悪くないな。

幕間　暗躍する魔王軍2

～魔王城、ロロアの工房～

いつものようにロロアとライナは工房でモニターを見ていた。

彼女たちは、新生魔王軍の幹部でありとても忙しい。そのため、それぞれの仕事を終えたあとに、こうして二人でだべりながらルシルの雄姿を見るのが日課になっていた。

映像は流れているが、ルシルの姿が映っていない。

それもそのはずだ。ダンジョン内にまでカメラは設置していない。

映っているのは、胸ポケットに入っているロロアフォンⅦのカメラが捉えたもの。

そのため、ルシルから見た風景は見えるが、彼が映ることは決してない。

「これは由々しき事態なの。おとーさん、ダンジョンの深いところへ行くって言ってるの」

お菓子を摘んでいたキツネ耳少女……ライナがつぶやく。

「んっ、ダンジョンの深い階層はとても危険。もっと強くなってから行ってほしかった」

ロロアの顔がしかめられる。

魔王軍はかつてとある目的から、ダンジョンに潜ったことがある。

そのときに、おおよそ階層ごとに出現する魔物の情報を得ているのだ。

それと今のルシルの実力を比較すると、冗談抜きで死んでもおかしくない。

そして、ダンジョン内は異空間、深い階層になればさすがのロロアフォンⅦも通信が届かない。

「やー、第三十階層ぐらいになるとライナでもやばい連中がいるの。それはそれとして、ロロアちゃん教えてほしいの？　いつのまにあんなアプリ仕込んだの？　あれ、初めて見たし、ライナのには入ってないの。おとーさんがダンジョンに行くってわかってた？」

「わかっていたわけじゃない。でも、昨日ダンジョンに行くって言った。だから徹夜で作って、オンラインアップデートで実装。地図と魔物の情報があれば生存率が跳ね上がる」

「……すごいの。はんぱないの」

ダンジョンで魔物と遭難することは珍しくない、あのマッピングと現在地表示は極めて有効。

そして、魔物の情報があれば対策ができる。魔物との戦いで一番怖いのは初見殺しなのだ。

今でこそ、冒険者たちがこぞってダンジョンに潜っているため、魔物が溢《あふ》れ出《だ》すことはないが、数百年前まではそういうことがよく起こっていた。

人々の手に余ると判断すれば魔王軍が駆除していたため、膨大な種類のデータベースが存在しており、それをもとにロロアはあの図鑑を作った。

そして、万が一新種が見つかれば、それを新たに記録するというシステムまで組み込まれている。あれをロロアは魔物図鑑と名付けた。

「せめてもの救いは、キーアっていう子がそれなりにやること。でも、せいぜい第四階層レベル。あの子が言ってる薬……エーテルを落とす魔物がいるのは第六階層。魔王様は今のペースで強くなれば問題ないけど、足を引っ張られると洒落にならない」

ダンジョンは階層を跨《また》ぐごとに、難易度が上がる。特に五階層ごとに区切りがあり、それ以前と比べ難易度が跳ね上がる。

「んー、誰か行く？　ライナとか、シエルなら変身できるから、他人の振りをできるの」

「魔王様はかつての力を失っているけど、魂で眷属に宿ってる魔王の血を感じられるかもしれない。ばれたらとても怒る……んっ、いいことを思いついた。魔王様と同じことをすればいい。肉体を生成して魂を移す。魔王の血が一滴も流れていない体になるから他人として近づける」

魔王軍の人脈を使えば、眷属以外の優秀な冒険者などいくらでも斡旋《あっせん》できる。

だが、何よりも大事なルシルを守る役割を果たすのだから、他人には任せたくない。

「じゃあ、それライナがやるの！」

「んっ、ライナなら安心。でも、いいの？　魔王様から頂いた血は私たちの誇りで、絆、それを失うことは辛い」

ロロアは自分で行きたいと考えていた。ルシルとの絆を失う役目を他のものにやらせるのは心苦しい。しかし、ロロアは戦闘力という点では十二人の眷属中最弱。

それに加え、魔王軍においてロロアの頭脳は要であり、長期の不在は許されない。

「それでも、おとーさんを守るためならいいの。それに、お仕事が終われば元に戻るの。おとーさんのおかげで進化して、おとーさんのために千年鍛えた体、愛着がたくさんあるの」

「んっ、約束する。ちゃんと元に戻れるようにする」

「じゃあ、ドルクスに許可とってくるの。キツネまっしぐら！」

ライナが走る。よほど、ルシルと一緒に居られるのがうれしいらしい。

部屋を出るとき、誰かとぶつかる。

「ごめんなさいなの！」

「いえいえ、こちらこそ」

ぶつかった相手は、星の巫女たるエンシェント・エルフのマウラだ。

「マウラちゃん、ロロアちゃんに何かようなの？」

「あっ、そうでした。ロロアちゃんに聞きたいことがあって来ました。先日譲った世界樹《せかいじゅ》の苗木、あれ何に使ったか教えてください。とても大事な研究に必要だってことでプレゼントしましたが、あれは新たな世界を作り出す系のものなので、星の巫女としては、ちゃんとその後のことを知っておかないと無責任かなと」

世界樹、それは生命の樹であり、一つの世界そのもの。

魔王城がある浮遊島の材料でもある。

浮遊島はマウラが育てた世界樹の苗木を、ロロアを中心にした研究開発チームが、魔術、科学、超自然、特殊能力、ありとあらゆる力を総動員して完成させたもの。

だからこそ、永遠に飛び続け、常に快適な環境を生み出し続けることができる。

「んっ、世界樹の苗木は、魔王様の新しい肉体の材料にした。それぐらい使わないと、元の魔王様の体より強い肉体は作れない」

「……それ、人の体をした世界そのものですよね。でも、世界で一番ステキな使い方です！」

世界樹の苗木一つ作るのに、五百年かかる。

そんな世界そのものを人の形にするなんていうのは、神の領域に土足で踏み込む行為だ。

「新しい、おとーさんの体すごいの。ライナの新しい体は、どんな材料で作るの!?」

「世界樹の苗木はもう手に入らない。だから、宝物庫からいろいろと使って強く仕上げる。さすがに今よりずっと弱くなるけど、十分強くはできる」

「楽しみなの！　あと、ライナ、大きくなりたいの！　みんなと違って不老のリンゴ食べてないの。だから、ふつうに千年歳《とし》とったのに、ぜんぜんおっきくなれない。不思議」

「考えとく」

そう言ったロロアは目をそらした。

ロロアの見た目は十六歳、そこで不老になるよう、マウラの育てた不老のリンゴを食べた。

彼女はとびっきりの美少女だし、その美しさは神秘的ですらある。

だが、強いて欠点をあげるなら、胸が小さい。そのことをとても気にしている。

そして、魔王軍で唯一、胸のサイズで勝てるのが幼い容姿のライナだけ。

ここでライナの胸を大きくすれば、魔王軍でもっとも胸が貧しい眷属になってしまう。

それは、とても辛いのだ。

「世界樹の苗木はもうありませんが。葉っぱとかなら提供できますよ。あれも生命と再生の力たっぷりなので、肉体の材料にはもってこいです」

「やー♪　それいいの。おとーさんとおそろい」

「ありがたくいただく」

ロロアは端末を弄《いじ》り、千年の間魔王軍が溜《た》め込《こ》んだ宝の一覧を見る。

これなら、すぐにでも肉体を作り始められる。ルシルの守護者として、そして魔王軍最強であるライナの新たな肉体としてふさわしいものを。

「それと、ロロアちゃん。魔王様の体を隠し持っていたんですね。ずるっこです」

マウラが見ていたのは部屋の隅にある、魔王ルシルの体だ。

「……隠していたわけじゃない。言わなかっただけ」

「でも、見つけたからには、こうしちゃいます。ぎゅー、すりすり」

マウラがルシルの体にぎゅーっと抱きつく。

彼女も魔王様ラヴ勢の一人だから当然の反応だろう。

ロロアはそれをジト目で見て作業に移る。

横ではライナが、新しい肉体の要望をマシンガンのように語っていた。

そうして、いつものように魔王軍は暗躍する。

ちなみに、この三人は極めてわかりやすいほうであり、残りのメンツはもっとえげつないことをこっそりとやっていたりする。

大好きな魔王様がこの世界を心ゆくまで楽しめるようサポートするために。眷属たちは忙しく働いていた。

第十話　魔王様と守るべきもの

今日もダンジョンで狩りをしていた。

キーアの店であるきつね亭の営業日は木曜から日曜までの週四日だけであり、月曜から水曜はダンジョンに潜って狩りをするらしい。

そして、今日は水曜日でダンジョンに潜る最終日だ。

「そろそろ戻りましょう！」

「そうだな。鞄もぱんぱんだ」

俺の鞄もキーアの鞄も肉やら皮やら角やらでいっぱいになっていた。

今までの俺たちなら一日中狩りをしても二人分の鞄がいっぱいになることなんてなかったのだが俺が成長したことにより、そういうことができた。

「やっぱり二人だといいですね。無茶できます」

「無茶なんてしているように見えなかったが？」

「いろいろとしてますよ。たとえば、一人のときは魔物が二体同時に現れたら戦わずに逃げちゃいます。でも、ルシルさんと一緒なら、余裕で狩りに行けました！」

言われてみればそうだ。複数の魔物に挑むのは自殺行為。

「実際、一人で狩りをしている連中はほとんど見ないしな」

「だいたい、三人か四人で狩りをしますね。そのあたりが一番、安全かつフットワークが軽いです。人を増やしすぎると分け前も減りますし」

「なるほど、三人か四人がベストなら、あと一人メンバーがほしいところだ。深い階層に潜るなら特にな」

二人より、三人のほうが色々とできるし、単純に戦闘力が五割増し。

それに深い階層へ行くのなら分け前が減ることが気にならなくなる。

こうして浅い階層で日帰りでも荷物がぱんぱんに膨れ上がっている。

より深いところで野営しながら数日がかりともなれば、戦果は多くなり、二人では持ち帰れない量になる。多く戦果を持ち帰れることを考えればプラスだ。

「そっちのほうがいいですね。……ただ、けっこう難しいんですよ」

キーアが困り顔をしている。

「なぜだ？」

「強くてダンジョン慣れしている人は引《ひ》く手数多《てあまた》なので、フリーではなかなかいないんです。深いところに潜るのであれば、優秀な人じゃないと駄目ですし」

それはそうだ。

だが、だからこそ疑問に思えたことがある。

「じゃあ、なんでキーアは一人だったんだ？　この三日、狩りをしながら、いろんな冒険者たちも見ていたが、一人としてキーア以上の動きをしているものがいなかった。誘われたことは一度や、二度じゃないだろう？」

キーアの身体能力は飛び抜けているし、格闘センスもある。

魔力による身体能力強化効率の高水準。

耳と鼻が優れ、気配感知にも長けていた。

もし、魔王軍を解散していなければ、スカウトしたいぐらいだ。

そういうスペック以外にも十年以上前から潜っていることもあり、知識や経験もある。

どこからどう見ても掘り出し物で、ダンジョン探索をしている誰もが仲間に引き入れたいと思っているはずだ。

「お誘いはありますが、お店があって週に三日しかダンジョンに潜れないと言うと、厳しくて。……それでも良いっていう人もいますけど、そういう人って、その、割と下心が見えてる系の方が多くて」

「そういうことか」

キーアと釣り合うような実力者はばりばりと狩りをする一線級。

だからこそ、キーアとはスケジュールが合わない。

実力者でなおかつ、キーアのわがままを容認するものは別に下心がある。

そもそもダンジョンという閉鎖空間で、自分以外は顔見知りで人間関係ができ上がっているところに女の子一人が飛び込むのは怖いだろう。

「俺は怖くないのか、俺も男でこうして二人きりだ」

「だって、ルシルさんはぜんぜん私をエッチな目で見ないじゃないですか。それと、不思議と安心できるんですよね。お父さんと雰囲気が似ているんです」

「それは良かった。キーアって店で接客しているときも輝いているが、こうして狩りをしているときも楽しそうだよな。店のために仕方なくって感じがまったくしない」

そういうのは見ていればわかる。

俺が楽しんでいるように、彼女もまた楽しんでいた。

キーアが苦笑して、空を見上げる。

「私、昔は冒険者になることが夢だったんですよね。お父さんは元冒険者で、たくさん冒険者のお話してくれて、わくわくして、いつか私も大冒険をするんだって。だから、ちっちゃいころから無理言ってダンジョンについて行ったり。……私はお料理のお手伝いより、ダンジョンで狩りの手伝いをするほうが好きな女の子だったんですよ。あっ、でもお店も好きですからね！」

義務感もあるだろうが、好きだからこそ六歳から十年もダンジョンに潜り続けてきたというわけか。

「たとえば、店を任せられる奴がいたら、思う存分冒険するのか」

「そうかもしれません。でも、あのお店を任せられる人なんて一人しか知りません」

「誰なんだ？」

「お母さんです。お母さんは私以上に接客の鬼ですよ」

脳裏に、頭と両手、尻尾でトレーを運ぶキーアの姿が浮かぶ。

あれ以上とは、いったいどんな凄腕《すごうで》だ。

少し、気になるじゃないか。

「とりあえず、追加メンバーはどうするかは置いといて、俺と一緒に深く潜るか考えておいてくれ」

「はい、でも、今言ったように、私がダンジョンに潜れるの、月曜から水曜の三日だけですよ？」

「なに、問題ないさ」

まだ口にしていないが、俺には一つの野望ができた。

まずはキーアの母を治す薬を手に入れる。

そして、キーアの母が元気になったら、そのときはキーアとより深い階層を目指そうと誘おう。

冒険者になることが夢だとキーアは言った。なら、キーアの母が元気になって店を守ってくれるのなら、キーアは自由になれるはずだ。

◇

それからダンジョンを出て、食料の類いは持ち帰り、皮や角など、食べられないものは換金する。

ダンジョンで得られた戦利品は、他の街でも需要があるらしく、街の内外に売られるらしい。

そのため、いくつかの商会が出資したギルドと呼ばれる機関で買取をしてもらえる。ギルドは買い取ったものを島全体に流通させる。

こういう仕組みがあるから適正な価格で買い取ってもらえて、非常に助かるのだ。

「……すごい収穫です。いつもの倍以上儲かっちゃいました」

「二人で狩りをしたんだから、当然だろう」

「いえ、普通は成果が二倍以上なんてありえないです。じゃあ、精算しますね……まず最初に換金して手に入れたお金を半分にして、それからお肉を全部ギルドで売ったときの値段を計算して、それの半分を私の取り分からルシルさんに移して」

何やら、難しい計算をしている。

店を経営しているだけあって、計算には強いようだ。

「はい、これがこの三日のルシルさんの取り分です」

「ありがたくいただこう」

今回は遠慮しない。

これは正当な取り分だ。

俺はそれに見合う働きをしたという自負がある。

俺の取り分は二十万バルほど。

三日の稼ぎとしてはかなりいい。初日に想定したよりずっと稼げている。

これだけあれば、街で色々な遊びができるだろう。

「ルシルさんって、ほんとすごいですよね。どんどん、体力がついて、動きが俊敏になって、魔術の腕だって上達してました。最初のほう、ルシルさんに合わせてゆっくり走ってましたが、三日目なんて、一切遠慮する必要がありませんでしたし」

「この三日で鍛えられたからな」

「あの、たしかにそうですけど、いくらなんでもここまでなんて」

キーアが首をかしげている。

鍛えたら強くなるのは当たり前だろうに。

ダンジョン探索はいい。

体と魔力を鍛えるにしても意味もなくランニングをしたり魔術を使っても楽しくないのだ。

その点、ダンジョン探索なら楽しみながら体を鍛えられるし、実戦で攻撃魔術を使える。

今の俺は三十キロの荷物を背負って、時速二十キロで数時間走れるし、攻撃魔術を五発ぐらいなら休みなく撃てるほどに成長していた。

「それはともかく、帰りましょう。今日はご馳走《ちそう》をつくりますよ。お買い物してこないと」

トラの尻尾が揺れている。

俺は苦笑して、彼女のあとを追いかけた。

◇

キーアの家につくと、食材を収納する。

驚いたのは肉を常温で棚に並べてあること。

なんでも、ダンジョン産の肉はけっして腐らないらしい。それも他の街で人気があり、高く売れる理由だとか。

みずみずしくジューシーな保存食なら人気が出るのも納得できる。

さすがは、神の力で作られただけはある。

「ふんふんふん、今日はお魚ですよー」

キーアがエプロンをつけて、キッチンに立っている姿はこうぐっと来るものがあった。

ちなみにご馳走と言って魚が出るのは、肉は狩りでとれてキーアにとってはタダ。だけど魚はダンジョンではとれず買わないといけないから滅多に食べられないからだ。

「相変わらず、いい腕をしている」

ここ数日、キーアの作ったものばかり食べているが、とても美味しくて毎日の食事が楽しみで仕方なかった。

「料理もお父さんに叩《たた》き込《こ》まれました。最近、お店では接客しかしていないですが、実は私が作ったほうが美味しいんですよ」

「ほう、日頃、店の料理は誰が作っているんだ？」

「お父さんのお弟子さんで、マサさんっていう人と、その息子さんが。マサさんは私のことを娘みたいに可愛がってくれているんですよ。今度紹介しますね」

厨房《ちゅうぼう》二人、接客一人。

あれだけ繁盛している店にしては少なすぎる。

「少なすぎはしないかな？」

「それはいつも思ってます。でも、なんとかなってますから。人を増やしたいのはやまやまですが……人を使うってお金がかかるんですよ」

昏い目をして、キーアが顔を背ける。

そう、きつね亭の営業はかつかつだ。ほとんど利益がない。

この街に来て四日目、物価やら何やらがわかってきたからこそ気付いたことがある。

いくらなんでもきつね亭のメニューは安すぎる。こんな値段でやっていけるはずがない。おそらく、生活費や入院費はダンジョンで稼いだ金を使っている。

「今のきつね亭なら、人を雇う余裕なんてないだろうな。値段が安すぎる。値上げするべきだ」

「それは重々承知しています。でも、それがきつね亭ですから」

「安くてうまい飯を出すのが父親の遺志だからって、限度がある。よく、あんな値段で父親の代はうまくやれてたな」

さすがに先代からずっと利益ゼロで店をするボランティアってわけじゃないだろう。何か、今との違いがあるはずだ。

「まあ、お父さんのときはお母さんっていう人件費ゼロの接客の鬼がいましたし、小麦とかお酒とか砂糖が今よりかなり安かったので」

「……まさか、その接客の鬼がいなくなって、小麦と酒と砂糖が値上がりしたのに、以前の値段を続けているのか」

「もちろんですよ。あっ、お魚焼けましたよ。煮付けのほうもばっちりです」

キーアが、食事を運んでくる。

「いただきます」

やっぱり、キーアの飯はうまい。

天使や魔王時代に贅沢はしてきたが、そういう贅沢とはまた違った美味しさがある。

ほっとする味だ。

「どうですか？」

「うまいよ。いい嫁になりそうだ」

「その予定はないですけどね」

この飯を食うために、俺はがんばっているのかもしれない。

って、ほっこりしている場合じゃない。

キーアに言わないといけないことがある。

「さっきの話に戻すけど、キーアの父親も物価が上がればそれを値段に反映させたんじゃないか？」

「そうかもしれませんけど」

キーアは露骨にこれ以上、この話をしたくないという顔をしていたが、あえて踏み込む。

「一つ聞くが、キーアの父親がやっていたころ、売れば赤字だとか利益がまったくないメニューとかはあったか？」

「……ないです。少ないですけど、どのメニューも儲かるようになってました」

「じゃあ、今はどうだ？」

「あの、その、材料費だけでいっぱいいっぱいなのがいくつか。ごめんなさい、嘘つきました、材料費だけでアウトなのもあります」

　ということはいっぱいいっぱいと言っているメニューも人件費や光熱費を考えれば赤字か。

　そんなことをしていれば、利益を食いつぶされるのも当然だ。

「いいか、キーアの父親はたしかに安くて美味しいものを食べてもらいたいと思っていた。だがな、ちゃんと商売として儲けを出す値付けをしていたんだろう？　ボランティアで店を開いていたわけじゃない」

　そう、あくまで彼がやっていたのは商売なのだ。

　キーアの表情が硬くなる。

「キーアは父の店を守ろうとしている気持ちは尊いと思うし、尊重する。だけど、勘違いしては駄目だ。守らないといけないのは、値段じゃない。キーアの父の遺志だ。今のキーアはキーアの父の遺志を捻《ね》じ曲《ま》げている」

　こんなことを言うのは無神経だとわかっている。

　キーアの心に土足で踏み込んでいるようなもの。

　それでも、キーアのために言うべきだと判断した。

「そんなこと言わないでください。だって、そんなふうに言われたら、値段を上げないほうが、きつね亭じゃなくなるみたいです。私が今まで、がんばって、耐えてきたのが、無意味みたいじゃないですか」

「そのとおりだ。キーアの父でも、材料と人件費があがったら値上げをしたはずだ。俺の言葉が正しいか、キーアの知っている父がどんな男かを思い出して考えろ。俺よりもずっとキーアのほうがよく知っているだろう」

キーアはぎゅっと手に持ったフォークを握り。

それから、しばらくして声を絞り出す。

「……お父さんが生きてたころ、野菜の不作で値上げをしたことがありました……お砂糖や小麦が高くなったら、同じ様に値上げしたと思います」

何かをぐっとこらえるように、キーアはそこで言葉を止めた。

それから、ゆっくりと口を開く。

「赤字になってるメニュー、少し高くします。お父さんのときと同じぐらいには儲かるように。でも、それ以上は値上げしませんから」

「それでいい。それがきつね亭なんだろう」

俺がそう言うと、キーアが目を丸くし。

それから……。

「はいっ！」

元気よく頷いた。

これで、少しは楽になればいいが。

これだけがんばっている子が報われないのは駄目だ。これで多少なりとも利益がでるだろう。そしたら、人を増やす余裕ができるかもしれない。

「ふふふっ、ルシルさんって、お父さんみたいです」

「それ、ダンジョンでも聞いたが俺はそんな歳じゃないからな」

実年齢は軽く千を超えているが、いつだって若いつもりでいる。

魔族には、わりとそういう数百年以上生きている連中がいるけど、不思議と容姿に精神年齢が引っ張られてしまう。

そう、俺も自身の見た目である十代後半のつもりで振る舞っているのだ。

「いえ、老けてるってわけじゃなくて、頼れる感じがして、一緒にいて安心できるんです。……あの、私って割とモテるんですよ」

「そうだろうな」

キーアが美少女なのは否定のしようがない。

そして、これだけ器量が良ければモテて当然だ。

「だから、男の人にいつも言い寄られて、正直うんざりしていて。でも、ルシルさんはそういう、男の人の嫌な感じが全然しません」

ダンジョンでもそんなことを言っていたな。

「それは男として喜んでいいのか、悲しんでいいのかわからないな」

何せ、男として見られていないと言われているのだから。

「喜んでください。それから、決めました。やっぱり、ダンジョンの深層を目指します。お母さんを治してあげたいし、それに、ルシルさんと一緒なら、大丈夫だって思えるんです。……私と一緒に挑んでください！」

キーアが手を差し出してくる。

俺は微笑んでその手を掴んだ。

「ああ、任せておけ」

「はいっ、がんばりましょう！」

そうして、その日のご馳走は三日間の成果を祝うものから、俺たちのパーティ結成記念となった。

パーティの最初の目標は、キーアの母親を治す薬を手に入れること。

俺はまだ口に出す気はないが、キーアの母親が元気になれば、この店を任せられる。

そうすれば、今まで以上にキーアは思いっきり狩りができる。毎日のようにダンジョンに潜れる。

それはとても楽しそうだ。

そのためにもがんばるとしよう。

第十一話　魔王様と再会

きつね亭のメニューのうち、赤字だったものをいくつか値上げして、数日《すうじつ》経《た》っている。

それでも客足は鈍ることはなかった。

常連の何人かは文句を言ったが、キーアが事情を話すと納得してくれている。

「あの、本当に手伝ってもらっていいんですか？」

「ああ、暇だしな。こういうのもやってみたかった」

ちなみに俺はウエイターをしていた。

理由は簡単、きつね亭の営業日でダンジョンに潜れないし、面白そうだと思ったから。

やってみると意外と楽しい。キーアのように両手、頭、尻尾を使ったトレイの四つ運びはできないが、両手と頭では運べるようになった。

「本当にウエイター、初めてですか？」

「ああ、そうだが」

「信じられないぐらい要領がいいです」

俺は元魔王、こんな仕事をしたことはない。

ただ、なんとなく体が自然と動く。

不思議だ。

戦闘中でも、ダンジョン探索でも、今ここでも、体が知っている。

そういう感覚があるのだ。その感覚がどんどん強くなっていく気がした。

どんどん知らない自分を思い出しているような気さえする。

それがあり、俺は立派な戦力となっていた。

……キーア目当ての男どもは俺に給仕されると嫌な顔をしているが。

「気付いてます？　ルシルさん目当ての女性客が最近増えているんですよ。イケメンがいるって噂《うわさ》になっています」

「ほう、俺はイケメンなのか」

「はいっ、間違いなくイケメンですよ！」

冗談で言ったのに、真顔で答えられて逆に照れる。

次々に客を捌いていく。

そして、いよいよ閉店時間が近くなってきた。

……途中何度か、マサさんの息子ににらまれた。どうやら、キーア目当ては客だけじゃないらしい。

「そろそろ暖簾《のれん》を下ろしてください。今いるお客さんが帰ったら店じまいにしましょう」

「任せてくれ」

「ありがとうございます。ルシルさんのおかげで助かりましたし、お客様を待たせることが少なくて回転率があがりました」

「力になれたなら何よりだ」

「……人、雇いたくなってきましたね。値上げのおかげでここ数日、しっかりと利益がでましたし。これなら接客要員を一人ぐらい入れても大丈夫な感じです」

キーアがぶつぶつと言っている。

人を雇うのは俺も賛成だ。いくらなんでもキーアは無茶をしすぎだ。

ダンジョンに潜らない日ぐらい、少しは体を休ませないと。

外に出て、暖簾を下ろそうとしたとき、一際目を引く来客が現れた。

……知り合いだ。

キーアに目線を送る。閉店だと言ってしまうか、店に入れるか。

キーアの指示はこの客は入れてから閉店しろというもの。

「いらっしゃいませ」

「うわぁ、本当におとーさんが働いてるの！　とっても制服が似合ってかっこいいの」

「んっ、魔王様のウエイター服姿、素敵。じゅるり」

活発なキツネ耳美少女とクールな銀髪ドワーフ美少女の組み合わせ。

彼女たちのことはよく知っている。

天狐のライナとエルダー・ドワーフのロロア。

何せ、俺の眷属たちなのだから。

とんでもない美少女二人の登場に客たちが一斉に注目する。

二人は俺がいない千年で、本当に綺麗《きれい》になった。

「こちらにどうぞ」

席へ案内する。

それだけで、二人がはしゃぐ。

「ご注文が決まりましたら、お呼びください」

メニューを渡して礼をして席を外し、店の外に出て暖簾を外して戻ってくる。そんな俺を二人がずっと見ていた。

少し、気になる。

「おとーさん、注文をお願いするの！」

完全に俺を名指しで呼ばれたので、キーアじゃなく俺が行く。

「ご注文をどうぞ」

「んっ、季節の果実酒。それから特製バラ煮込み」

「ライナも同じものを頼むの。それと骨付き肉のグリルとローストポークのサンドイッチも。あっ、モツ煮込みもいただくの！」

ロロアの注文が、俺がここで頼んだものと同じなのは偶然だろうか？

そもそも……。

「何をしにここへ来た？」

「ごはんを食べになの」

「ここは食べ物を出すお店。私たちの目的はそれしかない」

「……俺に会いに来たわけじゃないよな」

「んっ、偶然。魔王様がここにいることは知らなかった。このお店はロロアフォンⅦで☆5のお店で前から気になってた。近くで仕事があったから寄ることにした」

「そうなの、偶然なの！」

言われてみればそうか。

ロロアフォンⅦは魔王軍の制式装備で、みんな持っている。

なら、高評価であるこの店を魔王軍が使うのは当然だ。

「そうか、なら楽しんでいけ」

「いっちゃやなの。もっとおしゃべりしたいの」

「魔王様は仕事中。邪魔したら駄目」

「むー、ロロアちゃんもおとーさんもケチなの」

俺の背を恨めしそうにライナが見ている。

にしても、あいつら元気そうだな。

魔王軍解散なんて命じたから、落ち込んでいないか心配していたが、杞憂《きゆう》だったようだ。

他の仕事をしているうちに二人の注文した料理ができる。

そのころには先に入っていた客はみんな帰っていた。

「あのすごい美少女たち、ルシルさんのお知り合いなんですよね。他のお客さんもいませんし、お仕事はあがりでいいです。一緒にいてあげてください。……それと、『おとーさん』って、どういう関係か、あとで教えてくださいね」

にこにこと笑っているが、少し怖い。

いったい、どうしたと言うのだろう。

「『魔王様』は気にならないのか」

「ルシルって名前だったら、そういうあだ名をつけられちゃいますよね」

「まあ、そうだな……悪い、甘える」

普通はそう考えるか。これなら、俺が魔王ルシルだとばれることはなさそうだ。

料理を運ぶ。

すべての料理がいつもの五割増しで、取り皿は多く、ジョッキも三つある。

サービスというより、彼女たちと一緒に食事をしろということか。

その好意に甘えよう。

自立を促すために、突き放したが眷属たちのことを今でも愛している。それに、これだけ見事に自立して元気にやっているのなら、今更突き放す必要もないだろう。

「お客様、ご注文の品です」

今日最後の給仕を終える。

そして……。

「これで今日の俺の仕事は終わりだ。ここからは店員じゃない……久しぶりだな、ライナ、ロロア」

俺も席についた。

「やー♪」

「んっ、魔王様、元気そうで何より」

「ああ、乾杯だ」

「「「乾杯」」」

三人でジョッキをぶつけ合う。

「魔王軍が解散してからどうしていたんだ？」

「えっと、新生まお」

そこまでライナが言いかけたところでロロアが口を塞ぐ。

「私たちは会社を経営してる」

「会社だと？」

「んっ、ルシル商会」

「……その名前、どうにかならなかったのか」

「魔王様の名前を世界に定着させるために作った会社の一つ。私たちは今、そこの役員」

そう言いつつ、ロロアが名刺を渡してくる。

ルシル商会専務ロロア・グラズへイムと書かれている。

「あっ、ライナも名刺を出すの」

ライナのほうはルシル商会特別顧問ライナ・グラズへイムとあった。

「ちなみに、商会長は誰で、どんな仕事をしているんだ」

「やー、商会長代理はドルクスなの」

「仕事の内容は商会だから商い。この島全体に流通網を持つ、この島最大の商会。ギルドなんかもルシル商会が主幹事」

ギルドもこいつらのものか。

黒死竜のドルクス。魔王軍時代は俺の右腕だった男。

奴なら大商会を立ち上げていてもおかしくない。

目的は金儲《かねもう》けじゃなく、世界中に張り巡らせた流通網から、情報を吸い上げることだろう。

また、この島最大の商会なら、ありとあらゆる干渉が可能。

金と情報というのは、ある意味最強の力だ。

そしてギルドなんてものを作ったのは人々が自主的にダンジョンに向かうようにして、魔物が溢れ出すのを防ぐためと推測できる。

ギルドという、効率的な換金システムなしに冒険者稼業は成立しない。

「おまえたちは俺が思っていた以上にたくましいな」

「むう、千年もあればいっぱい成長するの」

「魔王様をずっと待っている間、今度は一緒に連れて行ってもらえるよう、力を磨き続けた。私たち全員がそう。だから、千年経っても眷属が一人も欠けなかった」

「そうだな、俺にはもったいない子たちばかりだ」

「そんなことないの！」

「んっ、魔王様が最高の人だから、みんな好きでいられる」

強く思う。俺は恵まれた魔王だ。

「げぷっ、お料理美味しいの。でも、それより、おとーさんと一緒にいられるのが最高なの。おとーさん、また来ていい？」

「好きにすればいい。俺はそう命じた」

「やー、そうするの！　ずっと一緒にいられるのは駄目になったけっ、うっ、むぐ」

何かを言いかけたライナの口をロロアが塞ぐ。

これ、さっきも似たような光景を見たな。

「今、こいつは何を言いかけた？」

「んっ、なんでもない」

絶対に何かある。

だが、話すつもりはないというのも伝わってくる。

放っておこう。

そうして、俺たちは食事を楽しんだ。

そんな中、俺がいない間のことを聞く。

二人とも夢中になって話すが、千年分あり、いくら話しても話題は尽きない。

それでも、店の閉店時間は過ぎた。さすがに、俺の都合でこれ以上店を開けさせるわけにはいかない。名残惜しいが、今日はこれでお開きだ。

「美味しかったの、また来るの！」

「んっ、私もまた来る。今度はまた別のメニューを頼む」

「ああ、そうしてくれ。しばらくはここにいるから」

あいつらと話せて良かった。

この偶然に感謝しよう。

◇

閉店作業を行う。

「悪かったな、すっかり遅くなって」

「気にしないでください。あの、良かったら、あの子たちのことを聞いていいですか？　その、ルシルさんと、どういう関係か、気になって」

なぜか、もじもじとした様子でキーアが問いかけてくる。

「ああ、あの子たちは俺の元部下だ」

「娘さんじゃないんですか？」

「……あの子たちは孤児で養子にしたんだ。成長すると仕事を手伝ってくれるようになってね。今では立派に独り立ちをしてくれた。ほら、こんな名刺なんて渡すぐらいに」

嘘は言っていない。

妖狐とドワーフ、この二つの種族は強力であるがゆえに真っ先に狙われた。天使たちの襲撃で、二人はそれぞれ孤児になってしまったのだ。

そして、俺はそんな彼女たちを娘にした。

当時、俺はそういう子たちを俺の子として孤児院で育てていた。

眷属にするつもりどころか、部下にする気すらなかった。

だが、あの子たちは自分の意思で戦うと決めて、とびっきり優秀だったこともあり部下になった。

その後、とある事件の最中、俺の血を得て眷属になることを選んだ。

俺にとって、眷属の中でも特別な子たちだ。

「立派なんですね。って、ルシル商会!? しかも、ものすっごく偉い人たちじゃないですか!? はわわ、なんでそんな人たちがうちの店に!? というか、あの二人が部下だってことは、もしかしてルシルさんって、ルシル商会の会長なんじゃ」

「いや、そうじゃないな。ルシル商会は仕事の一つで、俺はそういうのをぜんぶひっくるめて、トップに立っていた」

この状況で下手にごまかせはしないので、言っていいことだけを言ってしまう。

「……あの、どうして、そんな人がこんなことしているんですか」

その目には尊敬と、若干の怯えがあった。

「なんというか、普通になりたかったんだ。それにもう過去の話だ。俺はただのルシルだから、そのつもりで接してくれ」

「あっ、はい! その、がんばります」

その声には動揺が隠しきれていないが、いつかは慣れるだろう。

「それから、ロロアからキーアに。俺が世話になっている礼だって」

「これは、あっ、あのルシルさんがいつも使っているすごい便利な奴ですよね！」

ロロアがキーアにと用意したのはロロアフォンⅦだった。

これからダンジョン探索をするのであれば、キーアもそれを持っているほうがいいだろう。

「こんなすごいものをもらって良かったんですか？」

「本当はまだ表に出してない新商品で、身内にしか使わせないんだが、特別だそうだ」

「私、大事にしますね。あの、あとで使い方を教えてください」

「任せておけ」

普段はしっかりもので大人びたところがあるキーアが子供みたいにはしゃいでいる。

たぶん、今日は夜ふかしになるだろう。

だが、それも悪くない。

徹底的に付き合うとしようか。

幕間――暗躍する魔王軍3

～ライナとロロアの帰路～

キツネ耳美少女ライナの尻尾が上機嫌にもふもふと揺れていた。

「おとーさんとたくさんおしゃべりできて幸せなの」

「んっ、良かった」

大好きな人と、美味しい食事。

ライナもそうだが、ロロアも満ち足りていた。

そして、申し訳なくなった。自分たちだけがルシルと楽しんでしまったことに。

二人は別の眷属も連れていこうと決意する。

「でも、ライナは口が軽すぎる。言っちゃ駄目なことを言いすぎ。新生魔王軍のことは秘密だし、三人目を送り込む話も駄目」

「ごめんなさい……残念だったの。おとーさんと一緒にダンジョン探索したかったの」

「私の力が足りなくてごめんなさい。あの体にライナを移すのは危険」

もともと、ルシルのダンジョン探索をサポートするため、ルシルとキーアのパーティに三人目として変装したライナを送り出す予定だった。

ライナに宿る眷属の血を感じられないように、新しい肉体を作り、そこにライナの魂を宿す計画。

しかし、それはできなくなった。

世界樹の葉と、魔王城の宝物庫の材料を使い新しい肉体を作った。極めて高スペックのボディ。

それだけの高スペックでも、ライナの魂を受け入れ切れないという試算結果がでてしまったのだ。

無理をして移すだけならできるが、魂が溢れでてライナの存在が壊れるリスクがある。

ライナは妖狐から進化した天狐という、不老にして重ねた年月が強さになる種族。

ライナは他の眷属たちと違って、不老のリンゴで時を止めずに千年という年月を経た。そのことで、成長し続けた魂は規格外すぎたのだ。

他の眷属であれば受け入れられるほどの器でも手に余ってしまった。

「謝らないでいいの。ロロアちゃんがすっごくがんばってなんとかしてくれようとしてくれたことはわかってるの。それに、今日、誘ってくれたのは、罪滅ぼしのつもりなのもわかってるの」

「……別にそういうわけじゃない」

ぷいっとロロアが顔を逸らす。

彼女は素直じゃない。

こういう事情がなければ、リスクがあるルシルとの接触に踏み切らなかっただろう。

「どうするの。他の眷属に頼むの？」

「ううん、頼まない」

「じゃあ、おとーさんにたった二人でダンジョン探索をさせるの？」

「それもない。……完成した肉体には、眷属以外で一番信用できる子に入ってもらう」

ロロアがにやりと笑う。

彼女がその方法に気付いたのは実は今日の朝だった。

「もったいぶらないで教えてほしいの」

「んっ、ライナもよく知っている子。出てきて、アロロア」

ロロアの持っているロロアフォンⅦから、立体映像が映し出される。

銀髪の美少女。

十六歳のロロアがさらに成長して、十八歳になり、胸も大きくなった姿。

アロロア。ロロアによって作られた人工知能。

「アロロア、うまくできそう？」

『お任せください。私は何年もこの街を見続けております。魔王ルシル様とキーア様に取り入ることは可能です。また、直接視察をしたことで、成功率はほぼ百パーセントになりました』

「まさか、アロロアちゃんを新しい肉体に宿すの!?」

「んっ。普通の体なら魂がないと、ろくに魔力が使えない。でも、あの体はそれ自体が魔力を生み出す神具のようなもの。魂がなくとも頭脳があればいい。その点、アロロアは完璧」

アロロアは世界中に張り巡らされたネットワークと繋がっており、無数の目と無数の耳で学習し続けている。

加えて、人工生命ゆえの超思考力がある。

経験と知識と知能、その三点で言えば眷属すら上回る。

「ロロアちゃん、かしこいの。アロロアちゃん、おとーさんをよろしくなの」

『お任せください。私はそのために作られた存在です』

アロロアの立体映像が礼をする。

「……それから、アロロアを使うメリットは他にもある。肉体に宿すのは、アロロアの分身。本体は私の工房にいる。だから、特殊な装置を使って、アロロアの体を、工房から操作できる」

「どういうことなの?」

「アロロアと入れ替われるってこと」

もちろん、魂を移すわけじゃない。あくまで感覚をリンクさせて、アロロアの体を操作するだけ。

それだけでも二人にとっては胸が躍る。

「ロロアちゃんは天才なの！」

「んっ、当然。もう、準備は整っている。帰ったら、アロロアを肉体に移す」

ライナとロロアが笑い合う。

これで、一番の懸念が消えた。

「あと、もう一つ気になったことがあるの。ロロアちゃん、ロロアフォンⅦをあの子にあげてよかったの？　今まで、魔王軍の子以外にぜったいあげなかったのに」

ロロアフォンⅦは危険な発明品だ。あまりにも便利すぎて、悪用の方法などいくらでもある。

何より、超魔法科学の結晶であり、一つひとつがオーダーメイド、ロロアでもかなり作るのに手間と時間がかかってしまう。

「んっ、いい。あれがあれば魔王様の足を引っ張りにくくなる。それに……」

「それに？」

「なんとなく、あの子は十三人目になる気がする」

魔王の権能で生み出せる眷属の数は十三人。

そして、魔王ルシルはすでに十二人の眷属を生み出していた。

残りの椅子は一つ、そこにキーアが座るとロロアは予測した。

「そうなったらすごいの、ライナに妹ができるの」

「あくまで勘……んっ、警報が鳴った。あいつらが来たみたい」

ロロアフォンⅦのランプが赤く光り警戒音がなる。

これは島の外から侵入者が現れたときだけ鳴る特別なパターン。

「やー、けっこう近いの。ここから百キロぐらい」

ロロアフォンⅦにはすでに敵の情報が事細かく送信されている。

どうやら、敵は船でやってきたらしい。

「今回は、人工英雄が百人」

天使たちは神の意思、つまりは魔族の排除をまだ諦めていない。

だからこそ、試練の塔なんてものをこの島に打ち込んだ。

その他にも、こうして人工英雄による征伐を仕掛けてくることが多い。

人工英雄を簡単に言うと、とても強い人間だ。

試練の塔で、この島の冒険者がやっているように魔物と戦い報酬を得て強くなった連中。

この島の冒険者と違うのは、手っ取り早く強くするために、天使たちが確実に勝てる魔物をあてがい、勝てればそれより若干強い魔物と、段階的に試練を与えること。

安全に、簡単に強くなれてしまう。

だからこそ、魔王軍はそうやって作られた超人たちを、人工英雄と呼んでいる。天使のお人形だ。

強いことは強いが、勝てる相手としか戦ってこなかったため、判断力も対応力もない木偶《でく》の坊《ぼう》だ。

「相変わらず、学習能力がない奴らなの」

「んっ、いまだに魔術でこっちが探知していると思ってる」

リアルタイムで、船で島に近づく人工英雄たちの様子が流されている。

彼らは、探知魔術を無効化する結界を張っていた。

それはとてつもなく高度かつ、人工英雄の力を総動員しているのかとんでもない出力。

しかし、徒労に過ぎない。探知魔術なんて使っていないのだから。

天使たちの脳みそは、千年前で止まっている。

宇宙から地上を捉える科学の目なんてものは想像すらしていない。

だからこそ、こうやって間抜けにも夜闇に乗じて船で忍び込むなんて手を選ぶ。

すべてを見られているにもかかわらず。

「じゃあ、行ってくるの」

ライナは端末で『ライナにお任せなの！』とメッセージを送るとジャンプをする。

二十メートル近くの大ジャンプ。

そして、両手を後ろに伸ばし、手から爆炎が噴き出て、ロケットのように飛んでいく。

普通の魔術師が真似をすれば一秒で魔力欠乏症になって失神するほどのふざけた力の使い方。

だが、千年の時を経た天狐たる彼女にはこれぐらい容易《たやす》い。

「今日はご機嫌なの。だから、ぶちかましてさっさと終わらせるの」

ナビに従って、加速する。軽く音速を超えて、さらにライナは加速していく。

◇

わずかな時間で船の上空にたどり着いたライナは、地上を見下ろしてから、天へと手を伸ばす。

すると、本人の何十倍もの強大な朱金の炎球が生み出される。

それはまるで、太陽のようだった。

夜の海が、真昼のように照らされる。

ライナの存在に気付いた人工英雄たちが、呆然とした顔で見上げる。

おかしい、気付かれるなんてありえない、そう顔に書いてあった。

「悪い子は、めっなの」

ライナが手を振り下ろす。

ライナの作り出した朱金の太陽が船に向かって落ちていく。

それは船にいるものからすれば、絶望だ。

超熱量、あんなもの、いくら英雄の力を手に入れた自分たちでも防げるはずがない。

そして回避も不可能。ここは船の上で逃げ場がない。船から飛び降りても泳ぎの速度では、あんな巨大な太陽から逃げられない。

誰かが絶叫する。それが伝播《でんぱ》し、パニックに陥り、誰もが適切な行動を取れない。

これが人工英雄、ただ口を開けていれば餌をもらえて強くなったものたちの脆《もろ》さ。

朱金の太陽が船に直撃。

乗員ごと船を消滅させ、そのまま海面とぶつかり、一気に水が蒸発し、水蒸気爆発が起こる。

水深二百メートル以上あるにもかかわらず海底が晒《さら》される。

これが、天狐たるライナの神炎。

「お仕事、終わりなの！」

魔族たちを虐殺するはずだった神の戦士たちは何もできないまま船の上で死ぬ。

魔王軍がいる限り、この島が落ちることはない。

しかし、こんな任務が続いてしまったことでライナは油断をしていたのだ。

だからこそ気付かなかった。ライナの神炎でも、超規模の水蒸気爆発でも壊れないほどの何かが海底に沈み、そして、そのまま海底を這《は》うようにして、魔族の島を目指していることに。

第十二話　魔王様と新入り

ロロアとライナが遊びに来てからだいたい一週間が経っている。

今は店じまいをして、キーアと二人でまかないを作っているところだ。

最近は料理をキーアに教えてもらっている。これがなかなか楽しい。

今日なんて、厨房で料理をしていた。

厨房を任せられているマサさんは、『ついにお嬢にも春が……』なんて言って、俺の手をぎゅっと握りしめて、『お嬢を頼みます』と懇願してきた。

俺の代わりに接客に回されたマサさんの息子は、とても不機嫌そうにしていたのも印象に残っている。

「見事な手際です。ルシルさんって、料理の筋も恐ろしくいいですね」

「どうやら、俺はなんでもできるみたいだ」

「本当にそうなのがすごいです。なんというか、学習能力の鬼です！」

そうこうしているうちにまかないが仕上がる。

今日のは自信作。

もしかしたら、きつね亭の新たな看板メニューになるかもしれない。

「明後日《あさって》から、またダンジョンか。結局、三人目は見つからなかったな」

「ぜんぜん駄目でしたね。ギルドのほうにも募集かけたんですが」

俺たちは店が開いている木曜から日曜は店を手伝い、月曜から水曜はダンジョンに潜るという生活をしている。

当然、今週もダンジョンに挑んだ。

その際に思い知ったのが、深い階層に潜るには二人では厳しいということ。

第二階層ですら罠と死角のオンパレードで、前後左右、そして上まで警戒をしないといけない。

分担して、常に警戒を続けているのだが二人ではどうしたって神経がすり減っていき、異常に疲れる。

体力がついてきたが、精神的な疲れにはまだ慣れない。

(問題はそれだけじゃないな)

どうしたって第三階層以上に潜るのであれば、泊まりが必要だ。

一度やってみたのだが、二人で交代して見張るというのは想像以上にしんどい。ただでさえ日中神経をすり減らしているのにろくに寝られない。そんな状態で何日もダンジョンに潜るのは自殺行為だ。

せめて、あと一人。あと一人いればいろいろと楽になる。

「ダンジョンはただ強いだけじゃ、どうにもならないな」

この一週間で更に俺は強くなった。

体力も魔力も見違えている。

それでもなお厳しい。

「はいっ、強さなんてものは冒険者に必要な一要素でしかないって、お父さんも言ってました！」

俺は頷く。

ダンジョン等にはさまざまな技術がいる。

とくにサバイバル技術だ。

「あっ、でも、やっぱり魔術が使えるっていう時点でめちゃくちゃ楽ですよ。いつでも水が手に入るのなんて反則です！　火もそうですね。火を熾《おこ》すのってけっこう大変なんですよね」

俺は四属性魔術をすべて使える。

それはダンジョン探索で重宝していた。

彼女の言う通り、水と火。この二つがあるだけで随分と違う。

人は生きていくだけで一日二リットルの水を消費する。激しい運動をすれば、さらに消費量が跳ね上がる。

そして、ダンジョン内で水を確保する手段は少ない。

十分な水を持ち込まないといけない。ダンジョン内で夜を明かすような長期戦だと、数日分の水を常に持ち歩くのは馬鹿にならない負担になる。

その上、水が尽きれば強制的に撤退しないといけない。

水を生み出す魔術があればそういう不自由から解放される。

「まあ、それはそうと。どうやって三人目を手に入れるかだ。このままじゃ手詰まりだ」

「ですね。あと、店のほうも増員したいです……」

そして、きつね亭のほうも大変なことになっている。

材料費の高騰を理由とした値上げでも客が減らないどころか、俺が働くようになり、客が待たされることが減った。

そのことが評判になり、客が増えた。

今までキーアが八面六臂《はちめんろっぴ》の働きで接客をしていたとはいえ、やはり一人では限界があり、客を待たせ、そこが客からしたら唯一の不満だった。

それが解消されれば、客が増えるのも当然。

人を増やさないとやばいという結論がでている。幸いなことに値上げしたおかげでそれぐらいの余裕はある。

「やはり、俺たちのスケジュールに合う奴がいないってのがネックだな」

「月曜から水曜の三日だけダンジョンに潜るって言ったとたん、みんなしぶい顔をしますからね……。いっそのこと、冒険者とお店、両方やってくれる人がいないですかね。冒険者としても一流で、接客業も完璧な人なら、一週間ずっと一緒に働けます！」

「ただでさえ、高いハードルをもっと上げてどうする」

「うっ」

深い階層に挑めるだけの冒険者の力量。人気店に押し寄せる客を捌《さば》けるだけのスキル。両方を持ち合わせているものなんて、そうそういない。

「とにかく、まずは食事にしよう」

「はいっ、せっかくの料理が冷めちゃうともったいないです」

何一つ、問題が解決しないまま俺たちは料理に口をつける。

そんなときだった、ノックの音がした。

もう、店じまいをしているというのに。

キーアが出迎える。そこには銀髪の少女がいた。ドワーフ種特有の尖《とが》った短い耳。アイスブルーの瞳を持つクールビューティ。

一瞬、ロロアを思い浮かべたが別人だ。

何せ、ロロアは千年の間に十六歳程度の外見に成長した。だけど、彼女は十八ぐらいに見える。

そして、ロロアの胸は小さいのだが、彼女はそれなりにあるし背が高くスタイルがいい。

ひどく失礼な言い方をするなら、ロロアのコンプレックスが解消された姿がそこにあった。

「店の入口に張られていた求人の張り紙を見てきた」

そう言いながら、ロロア似の少女は張り紙を突き出してくる。……二枚。

「……キーア、きつね亭の入り口に接客スタッフ募集の張り紙をするのはわかるんだが。なんで、冒険者募集まで書くんだ」

「あはは、一応。ここ、冒険者のお客様も多いのでワンチャンあるかなって。実際、何人か希望者はいましたよ……すっごく下心満載な目の。あの、面接するので中に入ってください」

「了承」

そして、明らかに怪しい少女を招き入れた。

◇

今日のまかないを切り分ける。

ロロア似の少女にも提供し、食事をしながら面接をすることにした。

今日のまかないは余ったチーズで作ったオリジナルメニュー。

あえてパンを膨らませず、薄く硬いさっくりとした食感に仕上げ、チーズとトマトソースをふんだんに乗せて焼き上げたもの。

絶対に人気がでると踏んでいる。

「あつっ、あふいけど、これ、おいひいです」

まかないとキーアの口にチーズの橋がかかる。なぜ、とろとろチーズは食欲をそそるのだろう。

「店に出せそうか」

「味は問題ないですが、場所をとるし、調理に時間がかかりすぎるので、ちょっと難しいです」

「ふむ、客商売とは難しいな」

うまいだけでは駄目なようだ。飲食店も奥が深い。

「えっと、君はどうだ」

「美味」

淡々と告げる。まるで感情がないかのように。

なんとなく、昔のロロアを思い出す。

「あの、まずはお名前から聞かせてください」

「私はアロロア」

「では、アロロアさん。接客と冒険者、どちらを志望されますか？」

「両方」

即答だった。

「月曜から水曜は冒険者。木曜から日曜は接客を希望」

「うわぁ、私たちはあなたみたいな人材を求めていました！　ねえ、ルシルさん、びっくりです。こんな、ぴったりな人がいるなんて！」

キーアが身を乗り出す。

何から何までキーアの望み通りの人材が目の前にいる。

彼女は口には出さなかったが、三人目は女性がいいと思っている。キーアは昔から冒険者に言い寄られることが多く、若干男嫌いの傾向があるせいだ。

ダンジョンなんて閉鎖空間で、男と一緒に冒険なんて年頃の少女にとってはきついだろう。

女性の冒険者というのは極めて少ない。そんな希少な人材が目の前にいる。

あまりにも都合のいい人材。

……高確率で裏にあいつらが絡んでいるな。

飛びつきたくなるところだが、俺には俺のルールがある。

「どういうつもりだ。俺はただの人として世界を楽しむと決めた……人ならざる力は使わない」

魔王の力、そしてそれに連なる眷属の力は使わない。

それを使うとなんでもできてしまう。

人として、我が子らと同じ目線で、我が子が作った世界を楽しむという俺の望みが果たせない。

「その点では問題ない。私の体は、ルシル様と同じく、ロロア様の力で作られたもの。そして、ロロア様はその体に人工知能を宿した。偽りの体とからっぽの魂。眷属の力で作り上げられたものではある。でも、眷属の力はない。ルシル様の望みを邪魔しない」

言われてみれば、力を感じない。

俺と同じく、人だ。超越した存在ではない。

……であれば、構わないのか。

「えっと、お話が難しくてわからないのですが、ルシルさんのお知り合いですか？」

「その、少し説明が難しくてな」

「私はルシル様の娘」

キーアがすごい勢いでこちらを見た。

「……冷静に考えろ。俺の年でこんな大きな娘がいるわけないだろう。なんというか、前に会社をやっていたと言っただろう。そこでの部下の、その部下ってところだ。直接の面識はない」

「でっ、ですよね。びっくりしました」

いったい、なんのつもりでこんな冗談を言ったのか。

「一応、聞こう。何が狙いだ」

「私はロロア様が恋い焦がれたルシル様に興味がある。誰よりも近くでルシル様を見たい。そして、私にはルシル様が望んでいる能力がある。だからここに来た」

俺は魔王で人の上に立ってきた。

だからこそ、嘘を見抜く力には自信がある。アロロアの言葉に嘘はない。

「俺は反対しない。あとは、キーアの判断に任せる」

「いいんですか⁉」

「ああ、決めてくれ」

「えっと、それじゃ接客と冒険者、それぞれに試験をして合格すればばって感じで！」

こうして、アロロアの入団試験を実施することが決まった。

この子はいったい何を考えているのか？

そして、力があるのか？

これから確認させてもらおう。

能力さえあれば、受け入れてもいい。何せ、魔王軍の連中には好きに生きろと言った。アロロアの俺を知りたいという言葉に嘘がない以上、俺が拒絶する理由はないのだ。

第十三話　魔王様とアロロアの強さ

ちょうど明日が日曜できつね亭の営業日、明後日がダンジョンに潜る日だ。

そのため、日曜に接客テスト、月曜にパーティに加えるかのテストを行うことにした。

「えっと、テストをする前に待遇について説明します。きつね亭での接客業務は一日一万バルの日給制です。週に四回なので普通に暮らしていけると思います。希望するなら、住み込みで働いてもかまいません。住み込みの場合、食費と家賃を月二万バルいただきます」

パン一つが百から二百バル。一人用の賃貸物件が六万バルが相場、それなりに美味しい食事が一食千バルという感じの物価なので、月に十二万バルもあれば一人暮らしは十分にできる。

そして、部屋を二万バルで借りられるというのは破格。

良心的だ。

「それから、冒険者としての報酬についてです。稼いだ額を山分けします。装備とかは自分で揃えてください、怪我した場合も自己責任。もちろん、カンパしたり、お金を貸したりはしますが原則は自分でどうにかするつもりでいてください」

厳しいことを言っているように聞こえるが、それが常識だと俺も学んだ。

冒険者に給料の保証なんてない。成果がなければ収入はなく、怪我や病気などをすれば引退に追い込まれる。

その代わり、うまくやれば他の仕事よりずっと稼げる。

「了承。報酬にはこだわらない」

「では、明日と明後日のテストをがんばってください。あの、宿は取られているんですか？」

「否定。これから探す」

「なら、今日はここで夜を明かしてください。いろいろと聞きたいことがあるんです。試験中は特別にタダですよ」

「要望。私もキーアに確認したいことがある」

美少女二人が一つ屋根の下か。

ただ、素直に喜べない俺がいる。

アロロアはおそらくロロアと繋がっているし、キーアはキーアで昔の俺に興味津々でアロロアから色々と聞き出してしまうかもしれない。

「そういえば、アロロアはルシル商会の従業員じゃないのか？」

魔王軍を解散したあと、ロロアとライナはルシル商会の幹部になっていた。

多くの元魔王軍の面々はそこで働いているはずだ。

「否定。私はフリー。だから、ここに面接へ来た」

「そうか」

嘘をついているようには見えない。

ロロアと繋がっているというのは考えすぎか。

さすがにロロアやライナなんかの、規格外が一緒だと、普通の人として世界を楽しむという目的が果たせないから遠慮してもらうが、アロロアであればぎりぎり許容範囲内だろう。

◇

翌日、さっそくアロロアのテストが始まった。

まずは接客ができるかを見る。

きつね亭の制服に着替えていた。可愛らしい制服が美少女のアロロアにはよく似合っていた。

「思ったとおり、ぷりてぃです！　サイズがぴったりで良かった」

「当然。これを着ると予測していた。そのため、倉庫に忍び込んで仕立て直してある」

「……あっ、あの、さらっととんでもないこと言ってませんか？」

キーアの笑顔がひきつった。

しかし、なんとか持ち直したようだ。

「とっ、とにかく、あと一時間もすれば開店です。それまでに接客の基礎を教えますね」

「不要。すでに学習済み。キーアの動きをトレース可能。ただし尻尾は除く」

「えっ、うそ、いつの間に!? 信じられないですが、そういうのであれば好きにしてみてください!」

キーアはけっこう大雑把な性格をしている。

細かいことは気にしないのだ。

今日、俺は厨房ではなく、ホールで接客を行う。

キーアと二人で新人をフォローするためのシフトだ。

手早く開店準備をする。そこに、アロロアが追随してくる。

完璧な動きだ。何をするべきかわかっているし、けっして俺やキーアの邪魔をしない。

この時点で、さっきの言葉はただのでまかせじゃないとわかる。

そして、開店時間になった。

きつね亭の営業時間は十一時半から十四時半と十七時から二十二時。昼は定食屋として、夜は酒場として需要があるのだ。

「いらっしゃいませ、きつね亭へ!」

キーアが元気よく扉を開けると客がなだれ込んできた。

きつね亭のランチタイムは戦場だ。

開店するなりすぐに満席となった。ひっきりなしに注文が飛び交う。

接客経験があるものでも、パニックになるほどの状況。

アロロアのほうを見る。

（キーアの動きをトレースするってのは、はったりじゃなかったようだな）

その動きは完全にキーアのそれだ。

接客の鬼が二人に増えたことで、これだけの客がいてもホールは安定している。

すごいのはトレースの範囲が基本動作だけじゃないこと。

イレギュラー対応までこなす。それもキーアらしいやり方で。

どうしてそんな真似ができるのか、理屈はわからない。

だが、戦力になることはわかった。

これだけホールが安定しているなら、俺は厨房に行こう。

いつもならホールのほうが先にパンクするが、このままだと厨房のほうが追いつかなくなってしまうだろう。

◇

最後の客を見送った。

今日一日、アロロアは完璧であり続けた。

「アロロアちゃん、愛してます。一生、ここにいてください。採用決定です！　きつね亭はあなたのような人材を待ってました！」

キーアがアロロアに抱きつく。

そして、頬ずりをして親愛の情を示す。

対するアロロアはいたって無表情。

ああ、なんかこの感じ、昔のライナとロロアを思い出すな。

「安堵《あんど》。ただし、一生ここにいてほしいという要望は却下。私がここにいるのは、ルシル様が私を望み、ルシル様がここにいる間だけ」

「ルシルさん、ずっときつね亭にいてくださいね！」

「俺はアロロアのおまけか」

キーアの目が怖い。

きつね亭のオーナーとしてこれだけの戦力は手放したくないのだろう。

「アロロア、教えてくれ。今日の動きは完璧にキーアのそれだった。どうやって、あれだけの動きをものにした」

「回答。ここで働きたいと考えてから、戦力になるよう店内の様子を外からずっと窺っていた。そして、データが十分に集まり、学習。接客業務が可能であると判断してここへ来た」

「遠くから見ただけで、私の動きをマスターしたんですか⁉」

「肯定。データが集まれば再現は可能」

「すごいです。ものすごく飲み込みが早いってことですよね」

すごく飲み込みが早い。

それは正しいが、間違っている。アロロアの動きはそんなレベルじゃない。

基本的に人の動きには独特のくせや呼吸がある。何せ、人間の動きのほとんどは無意識によって行われている。

たとえば、歩くという動作一つとっても、右足を蹴り出し、膝を曲げないようにして歩幅を確保、着地は踵《かかと》からゆっくり衝撃を殺しながら行う。今度は左足を……っと様々な筋肉を適切なタイミングで動かすことによって可能になるのだが、そんなもの一々、思考しながらやっている奴はいない。

無意識の動きだからこそ特有のくせが含まれる。

だが、アロロアは違う。そういう無意識での行動が一つとしてなく、動きのすべてがキーアの再現だった。

アロロア自身の癖が存在しない。

常人にできることじゃない。体のすべてを意識してマニュアルで制御しているとしか考えられない。

それの意味することは一つ。肉体のスペックが許すのであれば、見ただけですべての技を使用可能ということだ。くせ、思い込みが存在しないというのはある意味で究極の才能。汎用性の化け物とも呼べる圧倒的な力。

……さすがはホムンクルスと人工知能の組み合わせだ。

「とにかく、よくやってくれた」

「ということは、合格ってことですよね！」

「ああ、アロロアを不採用にする理由が見つからない」

「良かったですね。アロロアちゃん」

「歓喜。とてもうれしい」

きつね亭はこれからますます流行るだろうな。

今日は過去最高の売上だった。アロロアの働きのおかげで店がよく回ったというのもあるが、看板娘が一人増えたことも大きい。

キーアとは違うタイプの美少女が現れたと噂になっていると、常連の一人がこぼしていた。

「では、次の試験はダンジョンでの実技です。そっちのテストは明日です」

「了承。準備をしておく」

俺は苦笑する。

試験なんて要らないだろう。

何せ、アロロアは接客試験の際、もっともきつね亭で接客するのに適した教材としてキーアを選び、その動きを完璧にトレースしてみせた。

であるなら、ダンジョンで彼女がやることは決まっている。

◇

朝からダンジョン内で活動する。

アロロアを観察しているが、純粋な身体能力はキーアとほぼ互角なように見える。

ように見えるというのは、アロロアにどこか余裕があるというか、全力を出してない感じがするからだ。

いつものように肉を狩るため、イノシシの魔物を探す。

そして、イノシシの魔物を探しつつ、ロロアフォンⅦのマップに示されている、次の階層への渦を目指していた。

ロロアフォンⅦのマッピング機能は便利だ。

次の階層への道筋がわかっているだけで大幅な時間の節約ができる。

そして、そこを目指しているのは今日からいきなり、深い階層を目指すことも考慮しているからだ。

キーアの耳がぴくぴくと動く。

五感の鋭い彼女は、いつも真っ先に敵を見つける。

「見つけました。では、アロロアちゃんに敵のひきつけ方を教えますね」

「不要。敵の方角を指示してほしい」

「えっと、じゃあ、あっちのほうです」

キーアが北東を指差す。

アロロアがこくりと頷いて詠唱を始めた。

アロロアから放たれた魔力が周囲の風に溶け込む、そして疾走。

……あの魔術、エンシェント・エルフのマウラが得意とする、風を使った探知魔術を模したものか。

規模は数千分の一だが方向を絞れば数百メートルは探索できる。

深い草むらに隠れていても一発で獲物を見つけられるだろう。

そして、アロロアの走り方はライナのものだ。一切の無駄がない柔らかい走り、故に音がない。

一方的に敵の位置を摑み、音もなく忍び寄っていく。

……アロロアはダンジョンで何をアピールするべきかよくわかっている。

ああいうことができるのは、ただ強いだけの戦士より、ずっと魅力的な力だ。

基本的に、魔物相手に行うのは戦いではなく、狩り。いかに獲物を見つけ、いかに仕留めるかこそが重要。先手をとって奇襲は理想形だ。

俺は魔力を眼に集めて、動きを追う。

アロロアが腰にぶら下げているミスリルの片刃剣を抜剣し、そのまま振り上げる。

イノシシの首が舞う。

見事な太刀筋だ。達人のそれと比べても遜色がない。

そして、その太刀筋も知っている。黒死竜のドルクスが竜人形態で使う剣術。

接客ではお手本がキーアだった。

だが、戦闘のお手本は魔王軍にいくらでもいる。

「あれ、合格ですよね」

「そうだな、文句のつけようがない」

おそらく、彼女の引き出しには、他にも無数の技がある。

そして、これからも学習し続けていくだろう。

彼女は俺たちに必要な人材だ。

「アロロアちゃん、合格です。これからは仲間です。お店に、ダンジョン、両方がんばりましょう！」

「肯定。私は私の能力を証明し続ける」

接客試験のときにもやったようにキーアがアロロアに抱きつき頬ずりをする。アロロアは無表情だが、ほんの少しうれしそうなのが可愛い。

彼女という人材が手に入った以上、二人では無理だったより深い階層へと進めるようになった。

ならば、キーアの母親を救う薬を手に入れるため、どんどん潜っていくとしよう。

第十四話　魔王様は強くなっているようだ

わざわざ下の階層を目指して進んでいた理由は一つ。

アロロアが戦力として使えるのであれば、そのまま下の階層を目指して突き進むためだ。

俺はそうなる可能性が高いと踏んでいた。

何せ、俺と同じくロロアが作った肉体を持つ存在。ある意味、俺の妹に当たる。

そして、俺の肉体はちょっぴり、人よりも成長しやすく優秀だと察している。アロロアもそうだろう。……にしてもロロアはすごいな。一から作り上げた体に、人工知能を宿すなんて。

無から人を作り出しているのと同じじゃないか。

それこそ神の領域を侵している。

「アロロアちゃんもロロアフォンⅦを持っているんですね」

「肯定。ロロア様からもらった」

「おそろいです。えっと、連絡先を交換しましょう」

無邪気に、キーアとアロロアが連絡先を交換している。

パーティとして過ごすのであれば、お互いの連絡先は必須だ。

ダンジョン内ではぐれるということは珍しくない。

なので、俺も混ざっておく。別に仲間はずれが嫌だったというわけじゃない。

「じゃあ、先へと行こうか」

「ですね」

「質問。今日の目標を知りたい」

「第二階層を突破して、第三階層にたどり着く。そしてできるだけ地図を埋めて、できることなら第四階層への入り口を見つけたい」

俺たちの目的地は第六階層。

そして、そこへいきなりたどり着くのはほぼ不可能。何日か泊まりながら進むにしろ、最低限のマッピングをして最短ルートで進めるようにしてからじゃないと体力がもたない。

「了解。そのための行動を意識する」

「頼りにしてますよ。アロロアちゃん」

「受命。やるべきことをする」

頼もしい限りだ。さあ、進むとしよう。

日が暮れるまでにできるだけ進まないと。

◇

第一階層から第二階層へと連なる青い渦に飛び込む。

すると風景が一気に変わった。

第一階層は緑豊かな草原だったが、ここは森だ。高低差がある上、木が生い茂っている。

ただ進むだけでも、森は疲れる。登ったり降りたりする上、泥に足が取られ草が絡みつくからだ。

脛《すね》まで覆うブーツは必須、それがないと切り傷がついていただろう。

ダンジョン慣れしているキーアはもちろん、アロロアもそのあたりのことは考慮している。

当然のようにブーツを履いているし、太ももまでニーソックスで保護している。

布一枚あるだけで、こういう探索ではだいぶ違うのだ。

「気をつけてください、敵は前後左右だけじゃなく上からも来ます」

「わかっているさ」

「了解」

初めて、第二階層へ来たときはそれに苦しめられた。

上というのはほぼすべての生物にとっての死角なのだ。

俺たちは陣形を作る。

先頭が俺で、真ん中にキーア、そして後方にアロロア。

陣形を組み、それぞれ警戒する方向を分担することで負担を減らす。

そうでもしないと神経が持たない。

「それ、魔力が持つんですか」

「これぐらいなら、自然回復力で追いつく」

ジャングルだけあって、草木が生い茂っているのだが、俺は目の前にある草を植物操作の魔力で押しのけながら進んでいる。

これだけで歩きやすさが全然違う。魔力の消費も、身体的な負担をほとんど感じないレベルだ。なんというか、息が乱れない程度のジョギングをやっているに等しい。

「日に日に魔力が上がっている気がします」

「鍛えれば、魔力量が上がるのは当然だろう」

「それはそうですが。いくらなんで、むぐっ、なっ、何するんですか」

「無駄話、厳禁」

アロロアが口を塞いでキーアの言葉を遮った。

「たしかにそうですね。集中しましょう」

とくに大事なことではなかったようで、キーアはそのまま周囲の警戒を続ける。

自然との戦いをしながら。

すると、重低音が響き始めた。

「……一番会いたくない奴に会ったな」

「ですよね、この音はあれ、ですよね」

俺とキーアが顔を見合わせる。

そして、そいつは現れた。

黄色と黒のカラーリングの巨大昆虫。

子供ほどの巨大蜂。尻の針もでかい。まるで槍のようで先端には毒が滴っている。

ロロアフォンⅦが振動する。

『キラー・ホーネット：蜂型の魔物。極めて強力な毒針を尾に持つ。刺されれば助からない。また、鉄をも噛み砕く強靭な顎も注意が必要。しかし、群れで行動するという点こそが最大の脅威。キラー・ホーネットのコロニーに近づくのは自殺に等しい。

必殺技：ポイズンニードル
ドロップ：ハチミツ（並）、ローヤルゼリー、毒針』

相変わらず、便利な端末だ。

まだ、キラー・ホーネットはこちらに気付いていない。

俺たちは大樹の陰に隠れた。

そして、詠唱を行い魔術を放つ。

「【炎弾】」

炎の弾丸を音速で撃ち出す魔術。

射程が長く、威力と速度があるので非常に便利な魔術だ。

とくにこういう不意打ちであれば。

炎の弾丸が一直線に奴へ向かう。

頭を撃ち抜く。そう確信した瞬間だった、キラー・ホーネットはネズミ型の魔物を木の上に見つけて、その捕食のため急上昇を始める。

その結果、着弾位置がずれた。

頭を撃ち抜くはずの弾丸が胴体に命中し、腹に大穴が空く。

即死……ではない。奴は腹に穴が空いたぐらいなら数十秒は死なない。

やばいっ。

「ピギュアアアアアアアアアアアアアアアアアアアアア！」

鼓膜が破れるかと思うほどの絶叫。

そう、キラー・ホーネットの最大の脅威は、毒針でも顎でもなく、群れであることだ。

叫びに応えて、四方八方から各地に散っていたキラー・ホーネットが近づいてくる。

これが嫌で、頭を撃ち抜いて即死させようとしたのに。

「キーア、アロロア、留まれ、ここは迎撃じゃない。守りを固める！」

「はいっ！」

「了解」

二人が俺の裾を摑んだことを確認して、別の魔術を詠唱する。

「【石要塞】」

土系魔術、石を生成し周囲を囲う。

即席の石造りのドームが完成した。

キラー・ホーネットたちがこちらに襲いかかってきて、石壁に激突して潰れる。

「悪い、ミスった」

「あれは仕方ないです。それで、これからどうするんですか」

「そうだな。ランチタイムにしよう。どうせ、奴らが散るまで出られないし」

キラー・ホーネットは攻撃力が非常に高い上、群れで四方八方から襲いかかってくる。

その包囲網を無傷で抜けられる可能性は低い。

一度、見つかったらその時点でおしまい系の敵なのだ。

なら、奴らが飽きるまでここで待つしかない。

「うわぁ、この状況で余裕ありますね、さっきからぷすっぷすって石の壁をチーズみたいに蜂さんの針が貫いている上に、この威圧的なぶーんって羽音でノイローゼになりそうなんですが」

換気と外の様子が見えるように適度にいくつか穴が空いているため、俺たちは外の様子が窺える。

キーアの言う通り、蜂たちはその自慢の毒針を突き刺しまくっていた。

「問題ないな、奴らの針は石でも貫けるが、壁の厚さは二メートル、奴らの針は最大で一メートルで貫通はしない。好きなだけ刺したらいい。やばそうだったら継ぎ足すし。幸い、毒も人体にしか効かないタイプで石を溶かしたりしないしな」

こうやって石のドームが発泡スチロールのように貫かれるのは想定内。

奴らの針を防ぐ硬さにしようと思えば鉄の壁が必要だが、さすがにそんなもので四方を覆うだけの魔力はない。石と鉄では消費魔力の桁が違う。

「了解。でも、狙える敵はここからでも倒す」

アロロアは背嚢《はいのう》から二つ折りの筒を取り出した。

懐かしいな、確かロロアの発明で、ライフルというものだ。

換気用の穴から銃口を出し、発砲。

キラー・ホーネットの頭が木っ端微塵《こ ぱ みじん》に吹っ飛んだ。

俺が知っているときより威力が上がっている。

「ナイスショット」

「感謝。穴の数、位置から制限はあるけど、射線を通った魔物を撃ち抜くことは可能」

「なら、引き続き無理せず適当に殺《や》ってくれ。キーア、俺たちは食事の準備だ。せっかくだし、ランチはイノシシの肉とこいつを使わないか」

「なんで、ハチミツがあるんですか!?」

「とっさに拾った。ハチミツには肉を柔らかくする効果があるらしい」

一匹目を殺したとき、ハチミツをドロップしたので本来は捕縛用の魔力のロープを生み出す魔術でさっと回収した。

俺は甘いものが好きだ。そして、こっちに来てからろくに甘いものを食べていない。こんなチャンス逃せるわけがない。

「もう、わかりました。じゃあ、お手伝いしますね。でも、キラー・ホーネットに囲まれながらランチタイムなんて、ぜったい何かおかしいです」

そう言いながらも調味料などを取り出し始めた。ちゃんと順応している。

現地調達した肉とハチミツで作る料理、なかなか楽しみだ。

第十五話　魔王様の深層探索

さきほどから元気にキラー・ホーネットが俺たちが潜んでいる石のドームを刺しまくっていた。

ざっくざっくとまるで石のドームがチーズのように思えてくるから不思議だ。

そんな音をＢＧＭに俺は料理を作り始める。

たまに外壁を魔術で増強するのを忘れない。

「【石錬成】」

石を創造し任意の形に作り変える魔術。

手には石のフライパンができていた。

「【加熱】」

そして続いての魔術を使いフライパンを熱で温める。

火なんてどこにもないのに、フライパンがどんどん加熱されていく。

「それ、なにげにめちゃくちゃずるいですよね。調理器具を持ち歩かないでも調理器具が揃えられて、火を熾《おこ》す必要もないなんて」

「別に大したことないと思うが」

「大したことですよ！　まともな調理器具一式持ち込もうとするとどれだけ荷物を圧迫するか。火をつけるのだって大変です。乾いた木を集めないといけないし、火をつける道具を持ってなかったら、火おこし器作るところから始めて、くるくるするのすごく疲れるんですよ」

「とりあえず、これでも飲んで落ち着け」

俺はそう言いながら、魔術で水を生み出す。

ちなみにコップや皿も石で作っている。

「それが一番のズルです。安全で冷たい水を手に入れるのにどれだけ苦労するか……水がどんどん減っていくのが一番の恐怖ですからね。迷ったとき近くに水源がないと、軽く死を覚悟しますよ」

魔術を使えるというのは、とても重要だと俺も理解している。

攻撃魔術は戦闘で役立つ。

だが、それ以上に生活魔術は旅をする上で非常に役立つのだ。

人というのは、よく食べて、しっかりと寝て、初めてまともに戦える。

こういう生活魔術がなければ、そもそもまともに戦える状態を維持することすらままならない。

安全な寝床を確保することも、火を確保することも、水を確保することも魔術がないと凄まじい時間と労力がかかる。

新しい体に魔術適性があることをロロアに感謝しておこう。

「さてと、そろそろ浸《つ》かっているころかな」

さきほどからハチミツに肉を浸していた。

本来、二時間ほどは必要だが風の魔術で加圧することでハチミツが浸透するのを早めてある。

「これで本当にお肉が柔らかくなるんですか？」

「ハチミツは肉の組織に染み込んで、焼いたときに肉のタンパク質が固まるのを防ぐ効果がある」

「よく、そんなこと知っていましたね」

「なんとなくな」

そう、本当になんとなくだ。

魔王時代、食事を必要としていなかったため、食い物の知識なんてほとんどない。

なのに知っている。

そんなハチミツ漬けにした肉を熱したフライパンで焼く。

「うわぁ、いい匂いがします」

肉とハチミツ、どちらも火を通すととてもいい香りがするのだ。

「これを使って、さらにうまくする」

「あっ、それうちの秘伝のタレじゃないですか！」

「マサさんに作り方を教わったんだ」

「一応、門外不出なんですけど！」

「マサさんいわく、『嬢ちゃんの旦那さんだから特別だぞ』ってさ」

キーアの顔が赤くなる。マサさんの冗談を真に受けて可愛らしい。

きつね亭の秘伝のタレは牛骨ベースの出汁《だし》に、肉の切れ端、すりつぶした野菜を加えて作った旨味たっぷりのタレ。少し辛く、ハチミツと混じり合うと甘辛くなっていい感じになる。

フライパンの上で、ハチミツ、肉、タレが一つになる。

「興味。唾液が分泌される」

さきほどから、空気穴越しの射撃で蜂の駆除を行っていたアロロアがこちらにやってきた。

「もうすぐできるぞ。よし、焼き上がりだ」

鞄の中に入れていた堅焼きパンをナイフで開いて、そこにイノシシ肉を置いて挟むとできあがり。

特製イノシシ肉のハチミツ甘辛ホットサンド。

「それ、いくらなんでもむちゃじゃないですか!?　そんな分厚い肉、パンに挟んでも肉だけ噛《か》み切《き》れなくて食べ辛《づら》いですよ」

「普通の肉ならな。ダンジョン産の肉は柔らかい。それだけじゃない、焼く前に叩《たた》いて肉の繊維をずたずたにしたし、ハチミツパワーでさらに柔らかくした。まあ、食べてみればわかる」

そう言いながら、キーアとアロロアに特製のホットサンドを渡す。

そして、二人がかぶりついた。

パンと一緒に肉が簡単に噛み切れる。

「美味しいっ。信じられません、こんな分厚いお肉が簡単に噛み切れるほど柔らかいなんて！　とってもジューシーです」

「驚愕《きょうがく》。甘辛いタレと肉汁が絶妙」

二人はそのまま夢中でホットサンドを平らげてしまう。

ようやく俺の分もできて、かぶりつく。

うん、実験は大成功だ。

パンと一緒でも分厚い肉を容易に噛み切れる。

分厚い肉を口いっぱいに頬張るというのは快感だ。イノシシ肉という旨味は強いがくせも強い肉と甘辛く濃いタレがよく合っている。

ダンジョン素材を組み合わせたダンジョン飯。

ダンジョン産の材料じゃないとここまで柔らかく仕上がらなかっただろう。

ただ、一つ不満があるなら。

「……この肉、絶対米で食うほうがうまいな」

「お米ってなんですか？」

「何って言われても困るが、白くてつぶつぶで、見た目的には大麦みたいな奴だ」

「大麦みたいな奴ですか、たしかにこれ麦粥《かゆ》と一緒でも美味しそうです」

けっこう違うがうまく訂正できる気がしない。

何せ、俺だって米なんて見たことがない。

なんとなく、頭に白くてつやつやな白米が浮かんでいるだけだ。

「アロロアちゃんは知っていますか？」

「肯定。米はルシル商会でも取り扱っている。麦を育てることが難しい気候の東の地域だと、麦に代わって主食になっている作物」

「へえ、こんど買ってみましょうか。面白そうです」

「賛成だ。猛烈に米が食いたい」

普通に流通しているなら、ぜひ手に入れたい。

「了解。売っている店を調べておく」

アロロアがこくりと頷く。

「さてと、食事も済んだし、そろそろ出るか」

「そうですね、蜂さんもいなくなったみたいですし」

「アロロア、念のために周囲の探索を」

いつの間にか、キラー・ホーネットの大群がいなくなっていた。

どれだけ頑張っても貫けない石のドームに根負けしてくれたようだ。

「確認。……周囲三〇メートルにキラー・ホーネットの影はない」

俺は頷いて、石のドームを解体する。

そして、周囲を見て驚いた。

「ハチミツがいっぱい落ちてるな」

「アロロアちゃんが、けっこう撃ち落としていましたからね」

なんとハチミツが七つ、ローヤルゼリーと毒針が一つずつドロップしていた。

「さすがにハチミツはこんなに要らないだろう」

瓶詰めしている形でドロップしており、瓶一つにつき一キロはある。

それだけの量のハチミツを店で消費しきれる気がしない。

「何を言っているんですか！　お肉よりずっと高く売れるんですよ！」

「そういうものか」

「甘いものは貴重ですからね。お砂糖は南のすっごく暖かいところでないと作れないんで、とっても高いんです。ハチミツも高いんですよ。この島の蜂、ほとんど肉食でミツが採れなくて。そうですね、ギルド買取り価格で一瓶六万バルはします」

なかなかいい値段がする。百グラムにつき六百バルか。肉よりもさらに高い。

そして、ギルドでそれだということは店売りだと百グラム千バルはする。

「ふふふっ、一つ六万バルが七つも。三人で山分けしても十四万バル。ダンジョンは最高です！」

「その代わり、一歩間違えれば死んでいたがな」

「私たちなら大丈夫です！」

石をチーズのようにぷすぷす貫く毒針を持ったキラー・ホーネットの群れに囲まれる。たいがいの冒険者はその時点で死ぬ気がする。

道理で、ほとんどの冒険者は浅い階層から動かないわけだ。

第二階層ですらこれなのだから、先はどれだけ魔境なのだろうか？

少し、わくわくしてきた。

◇

それから第二階層を歩き続けた。

第三階層への青い渦はまだ見つからないまま、日が暮れ始めていた。

第二階層のジャングルは広い、マッピングされている部分だけでも二十キロ四方はある。

そんな中、たった一つの出口を探すのだから時間がかかって当然だ。

それでも俺たちにはロロアフォンⅦがあるだけマシだと言える。

こんな広いジャングルの地図を歩きながら書くなんて、とてもできる気がしない。

「……あの、どうしてこんなところで野営を」

「高いところのほうが安全だ。獣型の魔物のほとんどは地上を徘徊《はいかい》しているからな」

日が暮れて視界がないなか、探索は危険だと判断し、野営をすることにした。

俺たちと違い野生の獣どもは夜目が効く、そんな連中と戦うのは自殺行為。

そして、俺は魔術で拠点を作れるという力を活かし、なんと樹木の上に簡単な小屋を作っていた。

「それはわかりますが、これ、落ちちませんか」

「そのあたりはきちんと計算している。キーアの体重が二百キロを超えているなんてことがない限りは大丈夫だな」

「その四分の一ぐらいです！」

「なら、問題ないな……雨、降ってきたな」

「本当ですね。いつもなら雨が降ると地獄なんですが、ここは楽です。ああ、快適すぎます。快適すぎて、ルシルさんとの狩りになれちゃうと、ルシルさんなしじゃダンジョンに潜れない体になっちゃいそうです」

当たり前だが、普通の冒険者はこんな立派な小屋で夜を明かすことなんてできない。

寝具、防具、その他生活補助を兼ね備えたマント一つが頼り。

大所帯になるとテントを運ぶぐらいの余裕ができるが、普通のマントにくるまって樹木に体重を預けるのがせいぜいだ。

「快適ついでにこんなのはどうだ」

俺は苦笑し、大きな石のタライを生み出し、水を生み出し、火で加熱した。

「そっ、それは」

「たっぷりのお湯だ。これで体を清めてくれ。さっぱりするぞ。お湯が余れば洗濯もできるな。使った湯は外に捨ててくれ」

「うっ、なんて、贅沢な。ダンジョン探索中にこんなたっぷりお湯が使えるなんて」

キーアも女の子だ。

いくら劣悪な冒険者暮らしになれているとはいえ、綺麗にしておきたいだろう。

「アロロアもそうしろ」

「了承。衛生的に必要と判断」

「じゃあ、体を拭き終わったら声をかけてくれ。それまで後ろを向いている」

そう言って、俺は二人に背を向けた。

「覗《のぞ》いちゃ駄目ですよ」

「おまえたちみたいな子供に手を出すほど女に飢えていない」

「むう、子供扱いしないでくださぃ！　そんなに歳は変わらないじゃないですか」

千年をそんなにというのはどうだろう。

「なんだ、見てほしいのか？」

「そうじゃないです。もう、とにかく見ないでくださいね」

後ろで布擦れの音が聞こえる。

……こうは言ったものの興奮している自分がいた。

これが雄の本能か。理性じゃなく、本能のほうが振り向けと騒いでいる。

だが、俺は元魔王。こんな欲望に負けるほど愚かではない。

一時の情欲で仲間の信頼を裏切るような真似はしないのだ。

ロロアフォンⅦが振動する。

アロロアからのメールだ。写真が添付されている。

中を開く。

『配慮。ルシル様が見たがっていると思って』

……アロロア。おまえ。俺はアロロアにこういうことはするなとメールを送り、それから
せっかくだし送ってもらった写真を楽しんだ。

その、あれだ、仲間の好意を無駄にするのも失礼だし。

第十六話　魔王様のギルド初体験

翌日の日が暮れるころ、俺たちは地上に戻ってきた。

「今日は大収穫でしたね！」

キーアは上機嫌だ。

背負っているリュックはパンパンになっている。

あれから、なんとか第三階層への入り口を見つけて引き返してきた。

さすがにこれ以上潜ると、きつね亭の営業日までに帰ってくるのが難しい。

それに荷物がいっぱいになっておりこれ以上は成果を持ち帰れないという問題もあった。

三人で話し合い、今日はこれぐらいにして、来週に第四階層の入り口を探すことにした。

次の探索では第三階層までは最短距離でいけることを考えると、無茶ではないだろう。

「では、ギルドで換金しましょう。お店で使う分は選《え》り分《わ》けましたし」

肉とハチミツを二瓶。それ以外は売ってしまう。

今回得たものの中には毒針やら、爪やら、いろいろと物騒なものもあるが、そういうのもギルドが買ってくれるらしい。

「そうだな。今回は俺も行こう。ギルドというのがどうなっているのか見てみたい」

「同行。ルシル様が向かわれるなら、私も行く」

「初めからそのつもりですよ。だって、三人いればパーティ登録できますからね」

そうして、俺は初めてギルドに足を踏み入れた。

◇

ギルドを一言で表現するなら巨大な商館と言ったところだろう。

買付の窓口が立ち並んでいる他、商品を売っているフロアもあり、一般客が買い物をしている。

「ささ、ぼうっとしてないで早く窓口に行きましょう。パーティ登録です」

「それはなんだ？」

「やればわかりますよ。ほらほら」

よくわからないことをキーアが言って、俺の手を引っ張っていく。

そして、あっという間に受付にやってきた。

「キーア様、いつもご利用ありがとうございます」

兎耳《うさぎみみ》の受付嬢が頭を下げる。なかなかの美人だ。

どうやらキーアとは顔見知りのようだ。

「マリア、今日はいつもよりすごいんですよ。ほら、ルシルさん。荷物を出してください」

「あっ、ああ」

俺は頷いて、売ると決めた荷物の数々を差し出す。

「すごい、たった三人でこれだけの成果を!? こんなにたくさんのハチミツ!? よく、あれの群れと戦って無事で済みましたね」

「まあ、知恵と工夫だな」

たいがい力業だった気がしないでもない。

「では、査定をします」

「よろしくお願いします。あと、冊子の新しいのをください。それとパーティ登録も。三人になったので、念願のパーティ登録ができます！」

「ふふっ、楽しそうですね」

「だって、パーティが組めるんですよ！」

「キーア様は実力があるのにずっとソロでしたからね。かしこまりました。少々お待ちくださ い」

荷物が奥に運ばれていき、その代わりに冊子が渡される。

それをめくると、ダンジョンで手に入る品々とその買取価格が書かれていた。

これは便利だな。

これからは狩りで得たすべてのものを持ち帰るなんてできない。取捨選択する際に、それぞれの相場を知っておくと損をしないで済む。

「そちらのお二人は初めて見る顔ですね。ソロでやっていたわけじゃなく、新人さんでしょうか？」

「ああ、そうだ。十日ほど前から冒険者を始めた」

「それで第二階層の奥に行くなんて優秀なのですね。ギルドについてはご存知ですか？」

「さわりだけは」

「では、ご説明したほうがいいですね。我らギルドの役割は冒険者の支援です。具体的には、ダンジョン内で冒険者が手に入れた品々を買い取ること。買い取った品はルシル商会が島全体に張り巡らせた流通網を使い、需要があるところに届けます。だからこそ、適正価格での買取が可能なのです」

世界規模だからこそ、適正価格の買取ができる。

いくら素晴らしいものを手に入れても、一つの街でさばこうとすれば、どうやったって供給過多になり、あっという間に値下がりする。

だが、世界を市場にすれば話は違う。

それぞれのダンジョンで手に入るものを世界各地にばらまき均等化すれば値崩れは起きにくい。

こういった組織があるからこそ冒険者は生活ができる。

「ここで買い取ってもらえるのはダンジョン産のものだけか」

「そのとおりです。ギルドはルシル商会が冒険者の支援をするために作った施設ですので。また、買取だけじゃなく、魔物の牙や爪といった素材を武器に加工するサービスなどもあります」

「なぜ、そこまでして冒険者を支援する」

「冒険者の方がダンジョンに潜って、魔物を狩らないと、魔物が溢《あふ》れ出《で》て、街や村に被害がでます。だからこそ、冒険者様が稼げる仕組みづくりが必要となりました」

思ったとおりだ。

こういうのはきっとドルクスの考案だろうな。

「ありがとう。勉強になった。それと、パーティというのは？」

「はい、冒険者で構成されるチームです。そして、パーティを組むとさまざまな恩恵があります。我々は冒険者の支援を行っております。しかし、すべての冒険者に等しく手厚いサポートをするわけには参りません。いくらお金と人手があっても足りなくなりますから。そのため、冒険者の実績ごとにサポートの度合いを変えてます。たとえば、今お渡しした冊子、それは本来ならある程度実績のある方にしか渡せないものです」

だろうな。

それなりにこの冊子には金がかかっているだろうし。

「俺がこれをもらえたのはキーアに実績があるからか」

「ご名答です。冒険者の方々はパーティで狩りをすることが多いため、実績を個人ではなくパーティで管理します。そのパーティにいる間はもっとも功績を上げているメンバーと同等のサポートをパーティの全員に行います」

「なら、パーティを組んでからの功績はどうなる」

「パーティでの成果を個人のものとして全員に振り分けます。そのため、パーティで狩りをしたほうがお得です。パーティを組んでいただいたほうが死亡率が低くなるため、あえてパーティ優遇措置をとっております」

これだとパーティを登録しない理由はないな。

「キーア、アロロア、この三人でパーティ登録したいが、いいな?」

「もちろんです」

「肯定。ルシル様がいるなら」

「では、こちらの用紙に記入をお願いいたします」

俺たちはさらさらと名前を書いていく。

これで立派な冒険者というわけだ。

「受け付けました。それから、査定も終わったみたいです。査定額は、八十万バルとなっております」

「すごい稼ぎです」

「一人頭三十万バル弱か」

ハチミツが非常に美味しい商品だった。

なんでも浅い階層で手に入るが、群れのキラー・ホーネットに手を出す冒険者は少なく、なかなか出回らないので高額だそうだ。

金稼ぎだけを考えるなら、今日の戦法でがんがん狩るのもいいかもしれない。

「この調子で稼がれると、月間ランキングに載るかもしれませんね」

「なんだそれは」

「パーティごとに、売っていただいた商品の総額をチェックしておりまして、ランキングをつけているのです。ほら、あそこに」

そう言って指差した先には掲示板があり、ずらっとパーティ名が並んでいる。

一位は一月で五千万バル以上稼いでいる。

「買取金額と、冒険者様の貢献度は比例します。なので、月間ランキング十位までには特別なご褒美を用意しております。それに、あそこに載るのは冒険者として一流の証《あかし》でもあります」

なるほど、それは面白そうだ。

同時に少々血が高ぶる。

少なくともあそこに張られている十位までの冒険者たちはすべて、深い階層まで潜っている。

一階のイノシシや兎なら、どれだけ狩ろうとあんな額には届きはしない。

それだけの実力者が十組以上いるという証明。

ただの人が、それだけの力を身につけているというのがうれしい。

「キーア、アロロア、俺たちもあれを目指そうか」

俺たちは、たった三日で八十万バルを稼いだ。

ランキング入りはけっして夢物語じゃない。

「いいですね！　やっちゃいましょう」

「了解。ルシル様がいるならサポートする」

最優先はキーアの母親を治す薬を手に入れることだが、ちょうどいいゲームを見つけた。

そういう遊びも必要なのだ。

あれの一位を本気で目指してみよう。

第十七話　魔王様の本質

査定も終わり、金が入ったし帰ろう。

そう思って踵《きびす》を返《かえ》したときだった。

道をふさぐように、四人組の冒険者が立ちふさがる。

「キーアじゃねえか。俺らの誘いを断ったくせに、そんなさえねえ奴とパーティを組んだのか？」

どうやら、キーアの知り合いのようだ。

ダンジョン帰りのようで、背負った背嚢にはぎっしりと獲物が入っている。

「はい、そうです。三人でパーティを作りました」

「わけわかんねえよ！　そいつらが良くて、なんで俺らが駄目なんだぁ。ああんっ!?」

「あの、なんというか、シャリオさんたちは怖いので」

キーアが俺の背中に隠れる。

四人全員、わりと荒くれ者っぽい、いかにもな冒険者だ。

ただ、佇《たたず》まいを見る限り実力はあるようだ。

「怖くなんかねえよ。ちゃんと可愛がってやるぜ」

「おいおい、シャリオ、可愛がるってどういうことだよ？」

「そら、いろいろよ」

下卑た笑いが響いた。

こんな奴らとキーアが一緒に探索をしようものなら、どうなるかは火を見るより明らかだ。

「あの、どいてください。なんと言われても、こうしてルシルさんたちとパーティを組んだ以上、あなたたちと一緒に探索することはありえませんから」

そう言ったキーアを、シャリオと呼ばれた髭面《ひげづら》の男が睨《にら》む。

「納得いかねえっつってんだろ。俺らが、キーアちゃんを誘っていることは、みんな知ってんだよ。断ってソロでやってるうちはいいけどなぁ。こうやって他の奴らとパーティを組まれちまうと、フロジャス・ファングの面目《めんもく》が丸つぶれってわけ。なあ、わかんだろ？」

フロジャス・ファング。

その名前は知っている。さきほど見たギルドの月間ランキングの九位に名を連ねていた。

つまりは、この街で十指に入る冒険者パーティだということ。

キーアの表情が強ばる。

……これ以上は見過ごせない。

「わからないな。キーアに非はどこにもない。おまえたちが振られたってだけだろう。強いていうなら……悪いのは魅力がないおまえたちだ」

「ああん、喧嘩売ってんのか？」

顔をすれすれまで近づけて凄んでくる。

脅しているつもりなのだろうが、なんの恐怖も感じない。

神たちとの戦争中、何百、何千もの猛者と対峙《たいじ》し、肩を並べてきた。

彼らと比べるとこの男はあまりにも薄っぺらい。必死に強がってきゃんきゃん吠《ほ》える子犬のようで可愛らしくすら見える。

「売っているのはそちらだ。俺の仲間にいいがかりをつけるのは止めてもらおうか」

「てめえ！」

大ぶりなうえ、モーションが丸見え。

身体能力は高いようで、重く速いが、これだけ見えていれば喰《く》らうほうが難しい。

手を添えて、拳を流して、ひねって、関節を極めつつ、背後に回る。

「アガッ、イテエエエエエエエエ」

脳裏にこの技について浮かぶ。もともとは非力な子供や女のために考案された護身術。

暴れているが、暴れれば暴れるほど痛みが増すだけだ。

「放せっ、てめえ」

「キーアに手を出さないと約束するなら、放してやる」

「てめっ、ふざけるな。おい、おまえら、何見てやがる。助けろ」

ようやく、硬直していたフロジャス・ファングの面々が動き出す。

「いいのか？　動くと折るぞ。一月はまともに狩りができなくなるな」

しかし、それも俺の言葉で思いとどまる。

「俺にこんなことしてただで済むと思ってんのか？」

「だろうな。しつこそうな顔をしているし。仕方ない……面倒がないようにしようか」

一番、簡単な解決方法は殺してしまうこと。

昔からよく使った手だ。後腐れなくていい。

シャリオの手から震えが伝わってくる。

どうやら、俺が何を考えたかわかったようだ。

俺は彼の手を離し、背中を押すと彼はよろめきながら仲間のほうに戻っていく。

恨めしそうに俺を見るが、口をぱくぱくさせるだけで、言葉になっていない。

少し哀れに思えてきた。別の手を考えよう。

「一つ提案がある。こういうのはどうだ？　おまえたちは、キーアがおまえたちの誘いを断り、俺たちとパーティを組んだことでメンツを潰されたから怒っていると言った。間違いないな？」

「あっ、ああ、間違いねえよ」

「で、あるなら。俺たちのパーティがおまえたち以上であれば問題ないわけだ」

「何、わけのわからないことを言ってやがる」

「具体的に言うなら、次の月間ランキングで俺たちのパーティがおまえたちよりも上であれば、メンツを潰すも何もないだろう？　ただ、より優れたパーティに入っただけ。いい提案だと思うが？」

俺がそう笑いかけると、フロジャス・ファングの面々がぽかんとした顔をする。

そして、数秒後、シャリオ以外の三人が爆笑した。

「こいつ、正気かぁ」

「俺らより上に行くって、新人の分際で？　何、寝言を言ってやがる」

「頭、大丈夫ぅ」

「俺は正気だ。それがベストだと考えている」

彼らの言い分にも一理あるような気がしないでもない。

なら、お互いが損しない形にするのが一番。

「……いいだろう、受けてやる。だが、条件があるぜ。来月のランキングで俺らより下なら、キーアちゃんをもらう。それから、そっちの可愛い子もな」

彼が指差したのはアロロアだ。

キーアに向けた下卑た眼をアロロアにも向けている。

「それは欲張りすぎだ。呑めない」

この条件を出した時点で、譲歩をしている。

別に俺は力ずくでも構わないのに、こいつらの心情を気遣ってやったのがこの提案。

それを呑まないのなら、実力行使でいい。

「提案。私はその条件で構わない」

「ちょっと待ってください、アロロアちゃん。あの、私だけがって条件ならそれでいいです」

アロロアとキーアが二人同時に口に出す。

「なら、決まりだぜ。キーアちゃん、約束を忘れるなよ」

その言葉を最後に、フロジャス・ファングの面々が去っていく。

「良かったのか？　あんなことを言って」

「あの人たちに絡まれたのは私のせいです。リスクを負うのが私だけなら受け入れます。それより、アロロアちゃんはもっと自分を大切にしてください」

「疑問。なぜ、そのようなことを？　最優先をルシル様、第二優先を私自身として行動している」

アロロアは心底不思議そうに首を傾《かし》げる。

「でも、私のために、あんな賭けに」

「否定。賭けじゃない、すでにフロジャス・ファングのデータはインプット済み。冒険者になると決めた際、この街すべての冒険者のデータを学習した。彼我の戦力差を比較した場合、確実に勝てると判断。加えて、奥の手がある」

「アロロアちゃんってすごいですね……」

この子は理詰めのお化けだな。

そのアロロアが大丈夫だと言うのなら、本当に大丈夫なのだろう。

「まあ、賽《さい》は投げられた。どっちみち月間ランキング入りは狙っていたんだ。たんたんとやるべきことをしよう」

「はい、そうですね……それと、ありがとうございます。かばってくれて嬉しかったです」

「大事な仲間だからな。仲間は守るものだろう？」

「はいっ！　私達《わたしたち》は仲間です。私もルシルさんのためにがんばります！」

俺は微笑む。この関係は悪くない。

この関係を続けられるよう、がんばって稼ぐとしよう。

◇

～場末の酒場、フロジャス・ファング視点～

フロジャス・ファングの四人が酒場で飲んでいた。

安いだけが取り柄の店だ。

彼らはここをたまり場にしている。

粗暴だが、稼ぎはいい彼らがこの店を使うのは、他の客が少なく、いくら騒ごうが文句を言われないからだ。

「おい、今回は随分と弱気じゃねえか、シャリオ。いつものおまえなら、あんな優男、さっさとのしてただろうによ」

「キーアちゃんはもったいねえよな。足手まといにならねえ美人ってのは、やっぱ必要だぜ。潤いがねえと、ダンジョンぐらしは耐えられねえよ。もう、ち○こぽんぽんだ。あと二日も潜ってりゃどうかしちまうところだった」

「飲み終わったら、娼館《しょうかん》だな」

上位ランカーの彼らは、日帰りではなく何日も深い階層に潜る本物の冒険者だ。

それを危なげなくこなす実力を持つ。

しかし、実力はあっても辛いものは辛い。

極度の緊張に加え、過酷な生活、ろくな娯楽もない。心がやられそうになる。

また、ぎりぎりの戦いは生存本能を刺激し、ひどく昂《たか》ぶってしまう。

だからこそキーアを欲した。

セックスができる。それだけでも冒険者はひどく楽になる。

実際、上位ランクのパーティではそういうストレスの発散の仕方をしているものたちが多い。

「なかなかいねえもんな。顔も腕もいい若い女」

そう、深い階層についてこれる女性というのは極めて貴重だ。いくら、生活の潤いのためとはいえ、足手まといを連れていけばパーティそのものを危険に晒す。

だから、優秀な女性冒険者は引く手数多であり、ソロでやっているもの好きなどはキーアぐらいで、なんとしても欲しかった。

「やっぱ、拉致っちまおうぜ」

「男はぶっ殺そう」

「家もわかってるしな。やっぱ、二人共もらっちまおうぜ。キーアちゃんもいいが、あの銀髪の子、もろ好み」

男たちは欲望に火がついている。

さきほどの取り決めなど、もう頭から消えていた。

……一人を除いて。

「やめろ！」

さきほどから一人だけ黙っていたシャリオが拳をテーブルに叩きつけた。

「おい、いったいなんだよ、おまえ」

「……約束を守れ、月間ランキングで勝負する」

「何ぶるってるんだよ。らしくねえよ」

「なんで、おめえらはわかんねえ!? あいつは、あいつは、人殺しなんだよ!」

シャリオのジョッキを持つ手が震えていた。

「あいつ、俺の後ろで、『……面倒がないようにしようか』って言ったんだ。淡々と、なんの感情もなく、世間話みたいな気安さで、俺を殺すって決めた……わかるか? 興奮するでもなく、恐怖するでもなく、追い詰められて仕方なくでもなく、当たり前に殺すって」

「そんなの気にしすぎだって」

「違う! 俺にはわかる。あいつは、人を殺している。一人や二人じゃねえ、下手すりゃ、何百、何千も、それぐらい、死が身近にある奴だ。ああいうのを一度だけ見たことあんだよ……そういう、なんでもありをやっちまったら、俺ら全員殺される。あいつは得体が知れねえ。ルールを、ルールを守らねえと」

シャリオは実力と経験がある冒険者だった。

だからこそわかってしまった。

ルシルの異常さを。

あくまで今のルシルは人として振る舞っているが、その本質は魔王。

魔族すべてを救うために、神に挑んだ英雄。自身の判断で、数万の命が散る、そんな修羅場を日常にしていた男なのだ。

「まあ、シャリオがそういうなら、普通にがんばるか」

「しゃあねえな」

「一ヶ月だけ、キーアちゃんを抱くのはがまんか」

シャリオの仲間たちは口ではそう言う。

だが、残念なことにシャリオほど彼らは利口ではない。経験もない。

よりにもよって魔王を舐めており、欲望に忠実すぎた。

それがどんな悲劇を生むか想像もできないほどに。

「わりいな、みんな。とりあえず飲もうぜ。一週間ぶりの酒だからよ。乾杯！」

「「「乾杯！」」」

ジョッキをぶつけ合う。

彼らは笑う。ダンジョンから帰ってきて久しぶりに味わう、酒と汁気の多い料理の数々。

ただ無心に今を楽しんでいた。

……自らが魔王の逆鱗《げきりん》に手を伸ばしていることにすら気付かずに。

第十八話　魔王様の準備

フロジャス・ファングに絡まれたことで、目標だった月間ランキング入りが絶対になった。

となると、一つ大きな問題が出てしまう。

「ああは言ったものの今のままじゃ厳しいな」

「肯定。週に三日しか潜れないのは極めて不利」

俺の独白にアロロアが返答する。

俺たちにとって、最大の問題は稼働日数の少なさだ。

能力はある。しかし、他の冒険者の半分以下しかダンジョンにもぐれないのは不利だと言える。

「きつね亭を閉めちゃえば、毎日ダンジョンに挑めます。だけど、きつね亭は閉めたくないです……でも」

キーアが葛藤している。

彼女にとって、きつね亭は特別な場所なのだ。

だからこそ、俺はキーアの母親を治すことで、キーアを自由にしてやりたいと思っている。キーアと一緒に、探索をするために。

「提案。きつね亭に接客担当を二人ほど紹介する。接客経験のあるベテランを呼んで、今週いっぱいキーアが指導すればなんとかなる」

「そんな人連れてこれるんですか？」

「可能。ルシル商会の系列に飲食店は多数ある。支店長クラスの人材なら、きつね亭の忙しさにも対応可能」

「たしか、アロロアちゃんはルシル商会の人じゃないって言ってませんでした？」

「肯定。ルシル商会には属していない。でも、コネはある」

「すごくありがたいのですが、お給料が……」

「問題ない。帳簿を把握している。ルシル様の提案による値上げでの収益率改善効果で利益が増えている。キーアがダンジョンに潜る日数が増えたことによっての収入増加まで含めれば、大きなプラスになる」

アロロアがロロアフォンⅦでどこかに連絡をする。

そして、わずか三十秒ほどで答えが出た。

「ルシル商会で来月、新規の飲食店をオープンするために優秀なスタッフを集めていた。そのスタッフを店がオープンするまでの一ヶ月だけなら貸し出してくれると言っている。給料は月額制で一人三十万バル必要。優秀な分、割高。それでもプラスのほうが多い」

「……三十万バル。以前のきつね亭じゃとても払えなかったけど今なら。雇います！　アロロアちゃん、お願いしますね」

「了解。すぐに手配する」

そうして、きつね亭のほうはなんとかなる見込みが立った。

「アロロア、助かった」

「ルシル様のためでもある。私が動くのは当然。それに、私がやらなくてもルシル様ならできた。ロロア様とライナ様の連絡先を知っている。あの二人はルシル商会の幹部」

そうだろうな。

実際、俺もそうすることを考えた。

だけど、その決断をできなかった。

あの子たちに頼るのはどうかと躊躇《ちゅうちょ》してしまったのだ。

「……とにかく、結果的にこうなって良かった。正直な話をすると、いくら工夫をしても目標である第六階層まで三日でたどり着くのは無理だと思っていたんだ」

マッピングをして、次の階層に飛べる青い渦を見つければ最短ルートで探索できる。

それでも、第六階層は遠い。

二日の野営でたどり着けるとはとても思えなかった。

「たしかに、かなり厳しかったです」

「同意。私の試算結果でも、最低三日の野営は必要。片道でそれなら、一週間は探索期間の想定が必要」

俺の見立てでもそんなものだ。

この話は、第四階層へ続く青い渦を見つけたあたりで言うつもりだったが、今回の事件で早めに手を打てたのは僥倖《ぎょうこう》と言えるだろう。

「だが、これで体力が続く限りダンジョンに潜っていられる。思いっきり狩りをしよう」

「はいっ」

「了解」

ハードルの一つが消えた。

問題は、ルシル商会のよこすスタッフがどれだけ優秀かだ。

……まあ、そこは心配しないでもいいか。十中八九、アロロアは元魔王軍と繋がっているし、あいつらが中途半端な人材をよこすわけがない。

◇

そして日曜になった。

今週最後のきつね亭営業日。

「……アロロアちゃんもすごいですけど、あの子たちもすごいですね」

「当然。ルシル商会が優秀だと保証して送り出した子たち。このぐらいはやる」

ルシル商会は翌日には二人のスタッフをよこしてきた。

その子たちがまた可愛くて優秀だ。

「注文を承りました！」

「お会計ですね」

種族としては妖狐とエルフ。

接客慣れしていて、あっという間に仕事を覚えて店を回している。

ちなみに俺たち三人は客として酒を飲んで料理を摘んでいる。

今日のテストは、俺たちがいなくても店が回るかどうかだ。そのため、俺たちはスタッフではなく、客として俺たちがいないきつね亭を見ている。

「まったく危なげがないな」

そして、この時点で大丈夫だと判断できている。

彼女たち二人は極めて優秀で、キーアの教えをしっかりと学んだ上で、自身の経験から改善点を提案し、店のオペレーションをより良くしてくれる。

さすが、この島最大の商会が優秀と太鼓判を押した支店長クラスの人材。

「ちょっと複雑な気持ちです。私がいないと駄目なんだなっていうことに安心もしていたんです」

「まあ、いいじゃないか。これで店の心配はないし。営業日も増やせるんじゃないか？」

「たしかにっ！　狩りの成果も増えてお肉もたくさんありますしね。営業日を増やしましょう。前と違って、ちゃんと儲けも出てますし。営業日を増やす代わりにマサさんたちのお給料も上げて」

キーアの目に金貨が浮かび、頭でそろばんを叩いている。

なんだかんだ言って、キーアはちゃんとオーナーなのだ。

「週に六日営業がベストっぽいです。あとでマサさんたちと相談しておきますね」

「ああ、そうするといい」

ここは居心地がいい。

そんな場所を多くの人が楽しめるというのは悪くない。

そして、俺には野望がある。

魔物肉を使った料理はなかなかに楽しい。そして、美味しいものはみんなに食べてもらいたい。

そうなると、このきつね亭というのは便利だ。

さっそく、俺が考案したハチミツ漬けイノシシ肉の甘辛焼きは人気メニューになった。この調子で、どんどん料理を開発して店に並べたい。

きつね亭を、俺の料理を広める拠点にするのだ！

「疑問。その方針にした場合、助《すけ》っ人《と》が帰ったあとが大変」

「うっ、それは確かに」

「案外大丈夫だと思うぞ。俺たちがダンジョン探索に専念すれば、すぐに第六階層にたどり着く。そうすれば、キーアの母親の病気が治せる。接客の鬼が帰ってくるんだ。なんとかなるだろう」

胸のうちに留《とど》めていたことを口にする。

今までは、それができる確信がなかった。

でも、アロロアが来てくれて、こうして今全力でダンジョン探索ができる環境が整った。

口にしても、それを嘘にしない自信がある。

キーアがぽかんっとした顔をして、それから目に涙がたまる。

「はいっ！　それ、とっても、とっても素敵です」

「だろ？　なら、それを実現するだけだ。……そういえば、まだパーティ結成のお祝いをやっていなかったな。乾杯でもするか」

「やりましょう！」

「了承」

俺たちは微笑み、ジョッキをぶつけ合う。

必ず、俺はこの約束を果たしてみせる。

◇

〜？？？視点〜


海中を進み、私はようやく汚れた者たちの島へたどり着いた。

力を隠し、黒い塊になって地面を這いずるようにして夜闇を進む。

どういうわけか、汚れたものどもは島とその周辺を何かしらの手段で見ている。魔力探知だけでなく、目視しているのだ。

だからこそ、私は屈辱に耐え、力を隠して虫のような姿で夜をこそこそ駆ける。

なんという屈辱。

なんという辱め。

だが、これも主の意志。神のためならどんな苦行にも耐えて見せる。

(ああ、なんて汚らわしい島だ)

ここは主の恩恵がない島。

だからこそ、主の力が使えない。

そして、汚れたものたちの王が生み出した眷属たちは口惜《くや》しいことに強い。

神の力なしに勝てる相手ではない。

だから、唯一、この島にある神の力を使う。

試練の塔、神が生み出した力。奴らがダンジョンなどと言うふざけた名をつけ、神の力を悪用しているものを。

奴らが虫のようにたかり、神の力をこそぎ落とすせいで、試練の塔から魔物が溢れない。

だからこそ、私を餌にする。

私という極上の餌を喰らえば、一気に試練の塔は溢れてしまう。

とてつもない強さと数の魔物が一気に吐き出され、汚れたものたちへ聖罰を与えるのだ！

ああ、なんと心躍るのか。

死は怖くない。

怖くなどあるはずがない。

私は主のためにこの身を犠牲にするのだ。必ずや、神の腕の中へと還《かえ》ることができるだろう。

第十九話　魔王様のコテージ

ダンジョンの第四階層を進んでいた。
二日、野営をして今日でダンジョン生活三日目となる。
かなりしんどい。
ダンジョンぐらしの緊張感とストレスが、肉体以上に精神を削る。
第四階層は第二階層と同じく密林。
違うのは……。
「木が動いてくるなんて反則ですよぅ」
魔物のほとんどが植物系だと言うこと。
並んで走っているキーアが涙目になっていた。
ロロアフォンⅦが振動する。
『トレント：木に擬態して獲物を喰らう魔物。獲物の肉を枝で貫き養分を吸い上げる。
必殺技：トレントウィップ・ドレイン

ドロップ：木材（並）、杉花粉』

密林というフィールド。木は無数にあり、そこに擬態されると不意を打たれやすい。

そして、厄介な点は他にもある。

アロロアが振り向き、銃を発砲した。

イノシシの頭を一発で吹き飛ばすような強烈なもの。それが木の幹に当たり貫通する。

直径二十センチの大穴が空いた。

しかし、奴はでかい。直径は二メートルもある。そして、木であるため血が流れることもなく、痛みもない。

……非常に鬱陶しい。

「【炎嵐】！」

ようやく俺の詠唱が終わる。

炎の嵐が、トレントを中心に吹き荒れた。

俺がよく使う【炎弾】に比べ、詠唱が長いし、魔力消費量が三倍ほど必要。

だが、その代わり威力は絶大。

これぐらいの火力じゃないと焼き尽くせない。

鬱陶しいことに、トレントは大量の水分を含んでいるらしく、なかなか燃えない。

しかし、炎の嵐に閉じ込めればさすがにいつか燃え尽きる。

トレントが青い粒子になって消えていく。

「ふうっ、なんとか倒せたな」

「あれ、私と相性が悪すぎます」

「火の攻撃魔術を使えるメンバーが必須。ルシル様大活躍」

あれはもう物理攻撃じゃどうにもならない。

大樹を切り倒すところを想像してみてほしい。動かない大樹にひたすら斧《おの》を叩き込むだけでも、一時間ほどかかる。

その大樹が素早く動き回り、攻撃してくるのだからどうしようもない。

それがトレントという魔物だ。

「倒すのが面倒なわりに報酬がしょっぱいのもな」

青い粒子となって消えたトレントの代わりに、やけに艶《あで》やかな木材が現れた。

「しょっぱくはないですよ。とても上質な檜《ひのき》です。これほどの木材は、そうそう手に入らないです」

「持ち帰れればの話だろう」

魔物のドロップだけあって、とてつもなくいい木だ。

価格表を見る限り、一立法メートルでなんと十万バル。とんでもない高級品。

だが、鬼のように嵩張《かさば》るし、木材とはある程度の大きさでないと価値は激減してしまうのでばらして運ぶことができない。

「あはは、たしかにそうで……って、やばいです。すぐに木によじ登ってください！」

キーアが鼻をひくひくさせたと思ったら、そう叫んだ。

俺たちは理由も聞かずに木によじ登る。

ダンジョンでは一瞬でも判断が遅れれば、それが命取りなってしまう。

だから、仲間が警告をしたときにはとにかくそれに従う。理由はあとで考える。

俺たちは木の上から下を見る。

風上から、紫の粉が大量に流れてきた。

その先を見ると、子供ぐらいのサイズをした足が生えたキノコたちが体を揺らして、粉を撒《ま》き散らかしている。

ロロアフォンⅦが揺れる。

『ポイズン・マタンゴ：歩く毒キノコ。風上から毒粉を撒き散らかす。吸引したものは高熱に見舞われ、全身が麻痺《まひ》する。また、仕留めた獲物を持ち帰り苗床にする習性を持つ。

必殺技：ポイズンパウダー
ドロップ：気持ちよくなる粉、キノコ（並）』

……えぐい生態系をしている。ドロップの気持ちよくなる粉というのがとても気になる。

「キーア、よく気付いたな」

「ちょっと甘い匂いがしたんです」

キーアの五感の鋭さは冒険でとても役立つ。敵を見つける能力はとても重要だ。

今回もキーアが気付かなければやばかった。戦闘以上に、戦闘になる前のことが大事だ。

「アロロア、ここから狙えるか」

「可能。すでに準備に入っている」

アロロアが銃の先端に追加パーツを付ける。

すると銃身が伸びて命中精度があがった。

射撃音が連続で五発。

全弾命中し、キノコたちがすべて青い粒子になる。

ここから二百メートルは離れているというのに、なんて精度だ。

「完了。脅威はもういない」

「よくやった。キノコと気持ちよくなる粉がドロップしているな。キノコを今日の夕食にしよう」

「あれ、毒キノコがドロップしたキノコですよ!?」

「大丈夫だろう」

基本的に、魔物のドロップはすべて魔物という試練に打ち勝った報酬。

つまりは害にならないものだ。

ここまで現地調達のダンジョン飯で三日過ごしてきたが、そのほとんどは肉。

いい加減、肉以外も食いたい。

キノコというのは、旨味が強く、食いごたえがある。

今日のメインにぴったりだろう。

◇

野営の準備を始める。

「ふう、俺の小屋作りもだいぶうまくなってきたな」

「……というか、もうめちゃくちゃです」

魔術を使えば使うほど魔力が鍛えられる。

この前までは、ぎりぎり三人で生活できるスペースが限界だったが、今ではちょっとしたコテージが作れるようになっている。

そして、ひたすら分厚い。

魔物が襲ってきても安全だ。今までのように樹上に作る必要すらない。

「感嘆。ルシル様はすごい」

「日頃の鍛錬の成果だ」

俺たちは部屋の中に入る。

外でも料理ができなくもないが、周囲を警戒して神経をすり減らしながら料理を作るなんて楽しくない。

「キノコと牛肉の余りを使うか。念のため、アロロアに見てほしい」

「了承。調べる」

アロロアは解析魔術を使える。ドワーフの血統魔術。

血統魔術は、血で行う魔術。汎用魔術と違い、特殊な血がなければ使うことがかなわない。

アロロアはホムンクルスの体を人工知能が動かしているらしいが、そのベースがドワーフ寄りだそうだ。

「問題ない、キノコ（並）も気持ちよくなる粉も有害な成分はない」

「気持ちよくなる粉は麻薬みたいなものかと思ったが」

「否定。人を高揚させる成分はある。でも、依存性も副作用もない。ストレスの解消に効果的」

ふむ、面白そうだ。

夕食には使わないが、いつか使ってみよう。

「調理を始めよう」

俺はまず、バターをたっぷりと溶かした鍋で刻んだキノコ（並）という極めてアバウトな名称のキノコを炒《いた》めていく。

キノコ（並）は巨大マッシュルームのようなのでこの調理法でうまくなるはずだ。キノコがバターの旨味を吸い取り逆に水分を出していく。この汁にはキノコの旨味がたっぷり含まれている。

そこに、第三階層でゲットした、牛の魔物がドロップした牛乳をぶち込む。

俺が作っているのはシチューだ。

キノコの旨味たっぷりのホワイトシチューは絶対うまくなる。

牛乳が煮詰まり、とろっとしてきたところで、別のフライパンで炒めていた牛肉を加えた。どうしても肉を入れてから煮詰めると硬くなってしまうからこその工夫。

塩で味を調えて、完成だ。

「牛乳とキノコたっぷりのシチュー。このあたりは夜になると冷えるからな。こいつで温まろう」

「相変わらず、美味しそうな料理作りますね。これ、ほんとうに即興ですか？」

「ああ、なんとなく材料を見てると思いつくんだ」

俺のレシピはだいたいそうだ。

漠然と考えていても何も浮かばないが、材料を目にして何かを作ろうとすれば、自然と思いつく。

「美味しければ問題ない」

アロロアが自分の皿を持って鍋の前に来ている。

相当、お腹《なか》が減っているようだ。

「食べよう」

ダンジョンで一日中狩りをした後の飯はとてもうまいのだ。

◇

夕食にする。

今日はパンとシチューというシンプルな食卓。

それでも、ダンジョンの中ということを考えると立派なご馳走だ。

具がキノコと牛肉だけという実に男らしいシチューを口にする。

「いい味だ」

「キノコの旨味がすごいです」

「絶品」

目論見通り、凄まじい旨味がキノコから抽出されている。

見た目どおり、味はマッシュルームに近く、それをより強くしたもの。

歯ごたえもとても良いし、これだけ出汁に旨味を提供してもしっかりとした旨味が残っている。

炒めたときのバターの風味が残っていて、それがまたキノコに合う。

サブで入れた牛肉もうまい。

ただ……。

「これ、キノコ一本で作っても良かったかもな」

牛肉はうまいことはうまいのだが、微妙にシチューの味と喧嘩してバランスが悪くなっている。

「これでも十分美味しいですし、牛肉は入れたほうがいいと思います。キノコだけのほうがすっきりした味になりますが、単調で飽きちゃう。牛肉がいいアクセントになっていますよ」

「それもそうか」

「提案。牛より鳥のほうがくせがなくて、このシチューには合うと思われる」

「それ、いいな。鳥型の魔物がいたら、がんばって狩ろう」

「同意。私なら飛行している魔物も撃ち落とせる」

ここまで、鳥型の魔物は見ていない。

飛行能力を持っているのは厄介だが、アロロアの銃なら余裕だろう。

銃か……。いい機会だし聞いてみよう。

「アロロアの銃、弾切れをしているのを見たことがないが、どれだけ弾を持ち込んでいるんだ?」

「回答。持ち込んでいる弾はせいぜい数十発。休憩中に補充する。私が一番得意とするのは土魔術」

そう言うなり、アロロアは金属製の弾を生み出す。

見事な流線型。空気抵抗を考え抜いたフォルム。

「俺の知識では火薬が必要だが？」

「事前に作る場合は、こういうものを使う」

アロロアが今度は赤い宝石を生み出した。

「火の魔術と相性がいい宝石。これに火の魔力を込めて砕くと、強力な火薬になる。これをさきほどの弾に砕いて詰めておく」

なるほど、ある意味でアロロアの銃撃は魔術というわけだ。

事前に弾丸を作り置きしておくことで、継続戦闘能力をあげられる。

「面白いな、それ。その魔術、血統魔術ではないんだろう？」

「肯定。土魔術の延長線上にある。ルシル様でも使える」

「なら、教えてくれないか。その術式、横で見ていてもわからん」

「了承。食後に教える」

俺の魔力量は多いとはいえ、手札はあればあるほどいい。

銃は素晴らしい。

俺の魔術だとどうしても有効射程は二百メートルがせいぜいと言ったところ。

だが、銃はアロロアが使っているのを見る限り、精密射撃で二百メートル。銃身に追加パーツをつけた状態であればその倍は狙えている。

実にいい武器だ。

「魔術が使えるルシルさんたちが羨ましいです」

「何を言っているんだ？　キーアだって使っているだろう」

「使えないですよ」

キーアがぶんぶんと首を振る。

彼女は自分の力がわかっていない。

「キーアは身体能力強化の魔術を使っている。それもかなり高度にな」

「ただ魔力で体を覆っているだけですって」

「それも立派な魔術だ。しかし、それだけじゃない。普通の奴なら全身を魔力で覆うのが精一杯なんだ。……だが、キーアは違う。必要なところに必要なだけ魔力を強化している」

走るときは脚部に集中。

攻撃するときは腕に集中。

言葉にすると簡単ではあるが、非常にセンスがいる。

肉体というのは、ありとあらゆる動きが連動しているのだ。例えば、足だけを強化すれば、強化されすぎた足に股関節や腰が耐えられず、自らの肉体を壊す。

足に力を集中しつつ、それに耐えられるように残りの部分も強化しなければならない。

剣を振るうときだってそうだ。

どれだけ腕の力を強化しようとも、踏ん張りが利かなければ力が抜ける。

これらを戦闘中、コンマ単位で最適に割合を変え続けるというのは理論や経験ではなかなかできない。

「別に普通ですよ、普通」

「その普通をキーアレベルにできる奴を俺は三人しか知らない。いずれも天才だ。もっと誇っていい」

「あはは、照れちゃいますね」

キーアが真っ赤な顔をして、照れ隠しのためか一心不乱にシチューを食べ始めた。

「提案。キーアに魔術を教える。キーアに風の適性がある。キーアは高い機動性と鋭い感覚を持っている。風とは非常に相性がいい。速さと探知は風の専売特許。このパーティでは私が風の探知魔術を使っているけど、私は土と火に比べて風の適性は低い。キーアがやるべき」

「たしかにそうだな。魔力量も多いみたいだし、勉強する価値はあるな」

風は直接的な攻撃力が低く、支援向けの魔術が多い。

だからこそ、キーアに合う。攻撃面では高い近接能力を発揮してくれればそれでいい。

「ほえ？　私にそんな才能があるんですか？」

「肯定。風のマナに愛されている。……でも、土・火・水には嫌われていて、ろくに使えない」

このあたりは才能だ。

属性魔術は本人の適性がものを言う。種族ごとにも個人ごとにも得手不得手がある。

俺の体は、それなりに全部が使えるという感じで、アロロアの場合は土と火に高い適性を持ち、残り二属性はかろうじて使える程度。

そして、キーアはアロロアの言う通り、風に高い適性を持つ。

一応光と闇属性もあるがあれはなくて当たり前な特殊な才能だ。

「やってみます。夜は暇ですし、ぜひ、お勉強をさせてください」

普通なら交代で見張りなので気を休める暇などないが。

ここまで立派で防御力があるコテージなら、勉強だってできる。時間の有効活用だ。

「了承。私が教える。それともルシル様が教える？」

「いや、俺は感覚派だから、理論派のアロロアのほうが向いているだろう……それに今日はやることがあるしな」

「やること？」

「ああ、今日で三日目だろ。そろそろ精神的に辛い。だから、心を癒やすものを作ろうと思ってな」

「興味。何を作るつもり？」

「それは見てのお楽しみだ」

ありあまる魔力があるゆえの贅沢。

ダンジョン内で、あんなものを楽しめるパーティは俺たちぐらいだろう。

さっそく、がんばって作ってみるとしよう。

第二十話　魔王様は趣味に走る

人には心のケアが必要だ。ただ、食って寝ているだけでは先に心が参ってしまう。

そのケアをするため外にでた。魔力の光で周囲を照らす。

すると、明かりに釣られて魔物どもが集まっていたので、【炎弾】で焼き殺した。

トレントとは違う、中型の魔物だったため、これで十分だったのだ。

「……魔力の増え方がえげつないな」

つい、この間まで【炎弾】を一発撃つだけで精一杯だったのに、今は【炎弾】を二十発、散弾のようにばらまく魔術を使えた。

これはもう成長じゃなくて進化と呼べるだろう。

いったい、どれだけ強くなるのか楽しみであり、少し怖くもある。

そんなことを考えながら、コテージとくっつけるように小屋を作った。

そして、コテージの壁を貫通。

「うわっ、びっくりしました。なんで、部屋を増やしているんですか!?」

アロロアに魔術を習っていたキーアがこっちを向く。
「それは後のお楽しみだ。期待しておいてくれ」
ドアを形成し、くっつけて、そそくさと新しい部屋のほうに戻る。
この部屋こそが俺の遊び場だ。
……って言っても大したことはしないのだが。
俺が二、三人入れるサイズの風呂を作る。
その中に入って、手足を思いっきり伸ばせることを確認して風呂からでた。
湯船に水の魔術で水をいっぱいに張り、炎の魔術で加熱。
手を突っ込む、うん、いい湯加減。
「よし、やっぱり疲れを取るなら風呂だろう」
街ですら、大量の薪と水を消費するため道楽とされるものが、ダンジョン内にある。
最高の贅沢だ。
ありあまる魔力を使った力業。
タライに湯を張るだけでもキーアは感激していた。
風呂ならもっと喜んでくれるだろう。
さあ、仕上げだ。ルシル風呂を開店しよう。

◇

～アロロア視点～

私はキーアに魔術を教えている。

キーアは頭が良く、とても飲み込みが早いので助かる。

「終了。ここまでが基本」

「アロロアちゃんの話はとってもわかりやすいです」

「当然。そう教えている」

「あはは、そうですね」

「告知。基本の次は詠唱を教える。そのためにこの術式を暗記して」

「けっこう多いですね」

「可能。キーアは頭がいい。これぐらいなら苦にならないと評価」

「はいっ！」

キーアが術式の暗記を始める。

そのタイミングで通信が来た。ロロア様からだ。

骨伝導式のため音がでずに、言葉が通じる。

『お疲れ様。アロロアのおかげでダンジョン内でもルシル様が追える。ありがとう』

『それが私の役目』

島全域を監視している衛星。しかし、さすがに異界であるダンジョン内まではカバー外。

なので、私がルシル様のそばにいる。ルシル様の側にいながら、一階層ごとに中継機を設置することで、私の端末からロロア様の元にデータが送れるようにした。

『魔王様はどう?』

『回答。身体能力と魔力向上の良さに疑問を感じ始めてる。成長速度が異常すぎるせい』

『んっ、わかった。……やっぱり、いつかは気付くと思う。できるだけごまかして』

『了解』

ルシル様の肉体はただの人としか形容できない脆弱《ぜいじゃく》な体……しかし、成長性に全振り、最強に至る体なのだ。そのことを隠し切るのは難しい。

だけど、それが私の仕事。うまくやろう。

『それから、ついにシステムが完成した』

システム、それは遠隔でロロア様が私の体を操るシステム。

もともと、私の本体は未《いま》だにロロア様の工房にいる。

私はコピーされた端末の一つであり、本体とリンクしていた。

そして、その本体とロロア様が感覚を共有することで、ロロア様が私の体に憑依《ひょうい》することができる。

『提案。システムのテストを』

『んっ。そうしたいと思っていた。……でも、本当にアロロアの体を使っていい？　もともとそのために作ったけど、あなたは想像以上に人に近づいてる。アロロアが嫌なら強要はしない』

『了承。私はそのために作られた。私の体を使って、ルシル様を落としてほしい』

『ぶっ』

通信の向こうからお茶を吹いた音が聞こえる。

『どういうつもり？』

『推測。ルシル様は人の体を得たことで前世では持たない性欲というものを持て余している模様。私たちをそういう目で見ることがある。色仕掛けをすれば高確率で落ちるかと』

ルシル様には自覚はなく、キーアやアロロアをそういう目で見ていることがある。

初めての衝動ゆえに操作しきれていないのだろう。

『……んっ、魔王様が、性欲を』

『肯定』

『それは気になるけど、聞いているのは別のこと。アロロアの体を使って、そんなことしていいのかってこと』

『回答。私はルシル様のことが好き。でも、それを口にする勇気がない。ロロア様が私の体で、ルシル様と契りを交わすのは大歓迎』

ロロア様が絶句している。

しまった。

ルシル様に好意を持っていることは言っていなかった。

『正直に答えて、いつから？』

『考察。自覚したのは三日ほど前から。最初は、ロロア様たちが夢中になるルシル様に興味があり監視していた。無数の目と耳でずっと。見ているうちに、あの人の側にいること、あの人を見ていることが好きな自分に気付いた。そして、見ているだけじゃ我慢できなくなった。分析の結果、それを恋と断定』

自己分析は得意だ。

ある日、私は一人きりのとき、ルシル様ではなく、ルシルと呼んだ。そうしたい理由が理解できないまま。そのことを口にするだけでひとく胸が熱くなって、幸福感があった。

私の知識でそれに該当する現象は恋としか考えられない。

『……んっ。わかった。アロロアは亜流のロロア。私をベースにした人格、男性の好みが似るのも当然。私が好きになった魔王様を見続ければ、恋するのも納得できる』

『質問。ロロア様、私を初期化しますか？　この感情が任務に影響がでないと言い切れない』

人の感情、とくに恋愛感情がどれだけ危険で、不安定なものかを私は知っている。

私の目と耳はありとあらゆる街に存在する。

人になるため、幾千、幾万の目で、幾千万の人々を観察していたからだ。

そして、実際に恋してわかった。こんなもの理性で制御するのは不可能。

作戦の成功率をあげるためには、感情をリセットするべきだと、私は判断している。……だけど、それが嫌だと感じてしまっている自分もいる。

『リセットしない。心を持つ人工知能は私が何百年もかけて続けている研究テーマ。ようやくの成功例を捨てたりしない。それに、アロロアは私の娘』

『感謝。ということで、私の体で夜這《よば》いをかけてください』

『……その、それは、勇気が』

『警告。キーアという少女はルシル様に恋慕。このままではルシル様は』

『んっ、がんばる。十分後、私がその体に入るからそのつもりで』

狙い通り、ロロア様の心に火がついた。

でも、うまくいかないとは思う。

私は亜流のロロア様。

そんな私にそんなことをする勇気がないのに、ロロア様にその勇気があるとは思えない。

それでも火をつけたのは、そっちのほうが面白そうだからだ。

これはたぶん心と呼ばれるもの。

私が心を獲得したというのが信じられない。

ロロア様はついに、心を持つ人工知能を完成させたのだ。

すごいお方だ。

◇

~ルシル視点~

よし、風呂ができた。

温度を保つための仕掛けもほどこしてある自信作だ。

「キーア、アロロア、見てくれ」

扉をあけて、二人に声をかける。

すると、二人が駆け寄ってきた。

「これって、まさか!?」

「ああ、風呂だ」

「しかも、広くてお湯たっぷりです！　ここダンジョンの中なのに!?」

風呂好きのキーアの尻尾がぶんぶんと揺れている。

「いいだろう？」

「最高です！」

ここまで喜んでもらえると作った甲斐《かい》があったというものだ。

「アロロアはどうだ？」

「んっ、お風呂はいいもの。とてもいい。まお……ごほんっ、ルシル様と一緒に入りたい」

「だっ、駄目ですよ！　嫁入り前の女の子が男の人とお風呂なんて」

「そうだな。先に二人で入ってくれ。こっちの部屋は広く作っておいた、着替えられるだろう？　それに水を流せる場所も用意してある。そろそろ服も洗っておいたほうがいいだろう」

「助かります！　替えの下着がピンチでした！」

「……キーアもけっこう無防備だな」

「うっ、たしかに」

それだけ信頼されているということでもある。

紳士に振る舞わねば。

「湯の温度は落ちないように工夫しているが、火魔術が使えるアロロアがいるならどうにでもなるだろう。俺は向こうの部屋にいるから、何かあったら呼んでくれ」

「はいっ、ではお風呂です♪　アロロアちゃん、一緒に楽しみましょう」

「……わかった」

「あれ、テンション低いですね。うれしくないんですか？」

「そんなことない。うれしい」

そんな二人を見届けて、俺は部屋に戻る。

あの子たちは年頃だしな、一番風呂を譲るのは紳士の嗜《たしな》みだ。

◇

それから一時間ほどして、頬を上気したキーアとアロロアが出てきた。

……途中、俺の中の悪魔が覗きたいなんて言い出したのは秘密にしておく。

理性では駄目だとわかっているのに、煩悩が暴れる。まったく、人の体というのは厄介だ。

「ふう、生き返りました。お風呂は最高です！」

「気持ちよかった」

二人が風呂部屋から出てくる。

寝やすいように部屋着に着替えていた。ダンジョンではそんなもの嵩張る上に、いつ戦闘になってもいいように常に戦闘服というのが普通。せいぜい下着を替える程度。

しかし、こうして安全な拠点があるとこういう着替えもできる。

戦闘服は肩が凝るし疲れが取れない。

安全が確保できるなら、こうやって着替えて疲れをきっちりと取るべきだ。

……ただ、薄着な上に肌が上気していて、ひどく艶《なま》めかしい。

いい匂いがして、今の俺には毒だ。

「簡単な暖炉を作っておいた。洗った服を近くで吊《つ》るしておけば朝には乾くだろう」

「助かります」

「んっ、干しとく」

二人が風呂場で洗った服を吊るしているのだが、平然と下着までそうしていた。

わかっている、ダンジョンでこんなことを気にするほうがおかしいのだ。

生きるか死ぬかで、男の前で下着を干すなんていうほうがおかしい。

「じゃあ、俺は風呂に行く。長湯するだろうし、先に休んでおけ」

「お言葉に甘えます」

「わかった」

二人が頷いたのを見て、風呂に行く。

俺も服を洗っておこう。だいぶ臭くなってきたし、下着の替えも心もとない。

◇

服を脱ぎ、軽く湯を浴びてから湯船に浸かる。

タライに湯を張って、そこに洗う予定の服をつけておく。

しばらく放置しておけば、汚れが落ちやすくなるだろう。

「ふぅー、生き返る」

湯で体の疲れと心の澱《よど》みが溶けていく。

風呂というのは不思議と体の疲れだけじゃなく、心の疲れにも効く。

二の腕をつまむ。

「いい体だ」

この肉体に移ったばかりのころはわりとぷにぷにだったが、今ではしっかりと筋肉がついている。

やっぱり、男はこうでありたい。

ダンジョンでの風呂がここまでいいものとは。できれば毎日でも入りたい。

「こういうものもあるしな」

小さな水筒を取り出す。

その中には酒が入っていた。あまり強くない酒だ。

ダンジョン内で酒なんて本来ご法度だが、これだけ頑丈な拠点があれば、軽くやるぐらいにはいいだろう。

魔術で冷やした酒が火照った体に染み渡る。

極楽だ。

窓から月が見えて、最高のつまみになってくれる。

こうしていると時間を忘れてしまう。

酒が空になるころ、扉が開く音が聞こえた。

「……いったいどういうつもりだ」

そこにいるのはアロロアだった。

返事もせずに、そのまま扉を閉めて服を脱ぎ始める。

「その、見えてるぞ」

「んっ、かまわない」

そのまま、アロロアはこちらまでくる。

そして、あろうことか湯船に浸かり始める。広めに作ったおかげで二人でもせまく感じない。

「もう一度聞く、どういうつもりだ？」

「もう少し、お風呂を楽しみたかった」

「そうか、なら俺は出よう」

「駄目、私のわがままでお……ルシル様のお風呂を邪魔したくない。だからいて」

「とはいっても、恥ずかしくないのか？」

「恥ずかしい。でも、ルシル様ならいい。全部見て、ルシル様に見られるために、この体はある」

アロロアの肢体に目が引き寄せられる。

妖精のように可憐《かれん》で、でも女性らしさを併せ持った体。

男なら誰でも魅了されるだろう。

「ルシル様、好き。ずっと、ずっと好きだった。ずっと、ずっと」

アロロアが寄りかかってくる。

生唾を呑む。

押しのけるべきか悩む。

アロロアは元魔王軍の誰かの指示でここにきたかもしれない。

そうであるなら、彼女の気持ちはそこにはない。

そして、もし元魔王軍の誰かが俺を喜ばせるためにこんなことをアロロアにさせているのなら、彼女を突き飛ばし、俺は誰の命令かを聞き出す。後日、しっかりとそいつに二度とこんなことをするなと怒るためだ。

だが、それをしないのはアロロアの言葉にこもった熱が、俺を見つめる視線が、熱くなった肌が、強要されているとは思わせないからだ。

アロロアの指が俺の顔に触れる。

「大好き。私は、ずっとルシル様を一人の男性として見てた。ルシル様が、子供としか思ってくれないことがずっと辛かった。私はもう大人……抱いて」

その万感の思いを込めた言葉と表情。

まるで、何百年、いやそれ以上の積み重ねを感じる一途《いちず》な想い。

それが俺の心をどうしようもなく揺らす。

そして、なぜかアロロアの姿がぶれたように見えた。

アロロアじゃない、別の、もっとずっと側にいた彼女に見えてしまう。

「ロロア?」

自然と、その名前が出た。

銀髪の少女。アロロアとは似ているけど別人。

俺の言葉を聞いたアロロアが真っ赤になって、弾《はじ》かれたように離れる。

そして、頭を抱えた。

「んっ、だめ、感情が閾値《しきいち》を超えて、ちがっ、もともと、別の体に、長時間は、人格への負荷が、リンク、維持はきけっ、もう、これ以上」

「アロロア、大丈夫か」

俺の質問に答える前に、アロロアが崩れ落ち、慌てて支える。

「起きろ、アロロア」

頬を叩く。

すると、ゆっくりだがまぶたを開く。

「起動。混乱、現状がわからない。ルシル様？　脳内からデータを確認……うそっ、だいたん。どうせ、できないって、タカをくってた。羞恥」

「おいっ、大丈夫か」

「平常。だっ、大丈夫。懇願。放して」

「あっ、悪いな」

アロロアを放してやる。

すると湯船から出て、タオルで体を隠した。

「ようやく正気に戻ったようだ。さっきから、おかしいぞ」

「謝罪。……その、キノコの魔物が落とした気持ちよくなる粉を使ってみた」

「あれ、そんなにやばい代物だったのか」

中毒性がなく、高揚する効果があると聞いていたから一度試しに使ってみようと思っていたところだ。

だが、今のアロロアを見るとやばそうだ。

「肯定。私は戻る。今日のことはキーアには秘密にしてほしい」

「そうさせてもらう」

アロロア相手に何かしたなんて思われると、これからの冒険に支障が出る。

俺が紳士だと信頼されているから、このパーティは成り立っている。

「感謝」

アロロアが去っていく。

それにしても……。

「やばかった。理性がとびかけたな」

ぎりぎりだった。

手を出していてもおかしくない。

あのとき、アロロアがロロアに見えなかったら、その場で押し倒していたかもしれない。

「もしかしたら、ロロアが助けてくれたのかもな」

ロロアは眷属の中でもかなりのしっかりもの。

不甲斐《ふがい》ない俺を怒ってくれたのかもしれない。

……だが、困った。

アロロアの裸体と、その感触が脳裏から離れない。

本当に人の体というのは不便だ。

第二十一話　魔王様は神の力を感じ取る

アロロアのご乱心から三日経ってから、俺たちは帰路についていた。

「第五階層は地獄でしたね……」

「第四階層とは比べ物にならなかったな」

「同意。ぎりぎりだった」

あれから第五階層の入り口を見つけ、第五階層を探索した。

第五階層はいろんな意味でやばい。

単純に魔物が強いだけじゃなく、フロア全体が悪意を持ったトラップのようなものだった。

「だが、なんとか慣れてきた。次に来たときは第六階層までいけそうだ」

そんな地獄のような第五階層もかなりの範囲を探索できた。

各階層ごとの広さはさほど変わらないことを考えると、あと一日、二日、第五階層を探索すれば、第六階層にたどり着ける自信がある。

「まさかこんな早く、ここまで来られるとは。ルシルさんとアロロアちゃんのおかげです」

「自分もちゃんと計算にいれろ。キーアの感覚の鋭さには何度も助けられた」

キーアの頭にぽんっと手を置く。

「あはは、照れちゃいます」

「懇願。その頭、ぽんっ、私にもしてほしい」

「こんなのが羨ましいのか？」

「肯定」

俺は苦笑し、アロロアの頭にもぽんっとする。

すると、アロロアが笑う。

ずっと無表情だったアロロアにも少しずつ表情が出てきた。喜ばしいことだ。

俺たちは地上を目指して歩く。

もう一週間以上潜りっぱなしだ。

風呂以外にもいろいろと心の疲れをとる手段を講じたが、そろそろ限界だった。

こんなコンディションで、第五階層を探索するのは危険すぎる。

そして、荷物のほうもこれ以上は運べない。

……実は俺が野営用に作ったコテージにしっかりと施錠してだいぶ荷物を保管しているのだが、高額すぎて万が一にも盗まれたら嫌なものはしっかりと自分たちで運んでいる。

俺たちの目的は月間ランキングの上位になることも含まれるので、一度地上に戻り、狩りの成果を売り、二日ほど休んでからまたここに来るということに決まった。

「それと、ルシルさんのそれ、本当に大丈夫ですか？」

「このリュックか？　大丈夫だ。ドロップしたタイラント・アリゲータの革を使って縫ったからな、これだけ中身を詰めても破れない」

第五階層にいる鰐《わに》の革で作ったリュックなんだが、こいつはすごい。

限界まで狩りの成果を持ち帰るため、俺の体よりでかい超巨大リュックを作った。容量は驚異の三百リットル。

ふつう、そんな巨大リュックを作ったところで、重量に素材が耐えられず底が破れて終わりだ。

今、このリュックの中はぱんぱんで総重量は三百五十キロほど。

だが、魔物の鰐革《わにがわ》で作ったこのリュックはその重量に耐えてくれている。

「いえ、そのリュックもすごいですけど、それ以上にそんなものを運べるルシルさんがすごいです。魔力強化使ってないですよね？」

「鍛えているからな。それに、これがまたいいトレーニングになるんだ」

こんなものを作ったのは、狩りの成果を持ち帰るためでもあるが鍛錬でもある。

もう普通に歩くだけでは体力や筋力が向上しなくなっていた。

そのため、こうやって負荷をかけている。

「感動。ルシル様の向上心はすごい。その向上心こそが優れた肉体を生み出している」

……なぜか無理やり持ち上げられている気がする。だが、悪い気はしない。

「そう褒めるな。とはいえ、さすがにこれを背負って近接戦闘は無理だ。魔術での援護ぐらいしかできない。魔物が現れたら、二人でなんとかしてくれ」

「任せてください」

「了解。第三階層まで戻ってきた。ここから先、キーアと二人で対処できない魔物はほとんどいない」

頼もしい返事だ。

成長しているのは俺だけじゃない、キーアとアロロアもだ。

そうでなければ、第五階層の探索なんてできなかった。

こうやって、深く潜ってわかったことがある。

月間ランキングを見ている限り、深い階層に潜っている冒険者もいるとわかったが、実際深く潜るというのにもいろいろある。

一番多いのが第三階層までと決めている冒険者たち。

第三階層まで潜れば、獲物の取り合いになることはない。そこまでくる冒険者が少ないからだ。

そして、第四階層はトレントやらマタンゴやら、危険な割に実入りが少ない魔物が多く、第五階層の報酬は凄まじいが難易度は跳ね上がる。第三階層から先はリスクとリターンが釣り合わない。

だからこそ、第二、第三階層を主軸にするものが多いのだ。

「そろそろ昼飯にするか」

このあたりは魔物の生息域から外れている。

小屋なんか作らなくてもゆっくり休めるだろう。

「賛成です。もう、疲れちゃいました」

「同意。ルシル様の食事、楽しみ」

いつの間にか、俺が料理を作ることが当たり前になっている。

それはとても喜ばしい。

何せ、俺が作るのは毎回ダンジョン素材を使った創作料理。これがなかなかに楽しいのだ。

さて、今日は何を作ろう?

◇

昼食を終える。

「ふう、今回のも美味しかったです」

「至福。ルシル様のご飯は最高」

「今回は大当たりだったな……だからこそ、悩む。次のきつね亭週替りメニューを今日のと、キノコクリームシチューのどちらにするかを」

俺が作るダンジョン飯、そのうち一種類を地上に帰るたび、きつね亭の週替りメニューに加えるとキーアと約束していた。

前回はハチミツ漬けイノシシ肉の甘辛焼き一択だったが、今回は候補メニューが多くて悩む。

「任せます。そのあたりのメニューは全部合格点ですから」

「全部ってのは駄目か？」

「駄目です。メニューが増えすぎたら、厨房が回りません」

反論できない。

俺は厨房でも働いていたから、メニューを増やすことがどれだけの負担になるか知っている。しょうがない、選ばなかったメニューは別の週に回すことにして適当に決めよう。

キーアのトラ耳がぴくぴくと揺れた。

「誰か近づいてきています」

キーアは魔物ではなく、誰かと言った。つまりは冒険者。

俺たちはキーアの向いているほうを注視する。

すると、四人組の冒険者が現れた。しかも、知っている顔だ。

「なんだてめえら、こんなところまで潜れるようになったのかよ」

フロジャス・ファングの面々だ。

たしかに、第三階層まではベテラン冒険者が多く、そういう連中と顔合わせする機会が多い。

だが、よりにもよってこいつらと鉢合わせするとは。

「まあな。これから引き返すところだ」

「新人どもに警告してやる。背伸びでこんなとこまで来るのはやめるんだな。死んじまうぜ」

「ご忠告、感謝する」

忠告してくれるなんて、実はこいつらはいい奴なのか？

ただ、気になるのが奴らのリーダーであるシャリオ以外が不審な動きを見せ始めたこと。

これはまずいな。

キーアとアロロアに目配せして、戦闘態勢に入る。

「おい、やめろ、おめえら！　こいつはやべえって言ってるだろうが」

シャリオの声を無視して、三人はまるで俺たちを囲むような位置取りをした。

「シャリオよぅ、おまえが腑抜《ふぬ》けんのは勝手だがよう。俺たちまで巻き込むなや」

「てめえ、リーダーは俺だぞ。命令だ、やめろ。こいつらとは月間ランキングで決着をつける」

「やだね。おまえについてきゃ、うまい汁吸えるから従ってきたけどよ、ここで怖気《おじけ》づくよう
な奴はリーダーの器じゃねえ！」

どうやら、シャリオ以外の連中は同じ考えらしい。

「俺たちゃ、女に飢えてんだよ。もう五日目だ。なあ、そこにこんなうまそうなのがいたらな」

「我慢できるわけねえよ」

じりじりと、シャリオを除いた面々が輪を狭めていく。

「やめろつってんだろ！」

「やめねえ。なあ、ルーキーども、ダンジョンで一番怖いのが何か教えてやる。そいつはなぁ、魔物でも罠でもねえ、人だ！　ダンジョンの中には法はねえ、誰も見てねえ、何をしたってい い。ここは弱肉強食、食うか喰われるかだ。魔物狩るより、てめえらみたいな新人襲って、狩りの成果を奪って、女を犯すほうがずっとうめえんだよ！」

それは道理だ。彼の言う通り、もし彼らが俺たちより強いのであれば、魔物を一体一体潰すより多くのものを得られる。

そう、〝俺たちより強い〟のであれば。

「男は殺せ！　女は殺すな。拉致って犯す。骨の一本や二本は構わねえけどな！」

血走った目で男が叫ぶ。

俺に一番近い奴は剣を抜き、残りの二人は鞘《さや》がついたままでキーアとアロロアに襲いかかるらしい。鈍器として使うなら殺さずに済むと考えているのだろう。

シャリオが動かない以上、こちらと向こうの人数は同じ。

一対一での戦い……そう思っているだろうな。

「【鉄杭乱舞】」

フロジャス・ファングの面々が一斉に襲いかかり、次の瞬間には地中から現れた無数の鉄杭で身動き一つ取れなくなった。

あえて外した。鉄杭で貫くこともできたが拘束することを選んでいる。

獣欲に支配されていた男たちの目がとたんに冷めていく。

俺は、この馬鹿どもがご高説を垂レている間に詠唱を続けていたのだ。

襲いかからずに離れた場所にいたシャリオだけが魔術の圏外にいて、呆けた顔をしていた。

「この術式構築速度、この範囲、この威力、ありえねぇ、化け物」

化け物とは失礼な。

これだけの詠唱時間があれば、この規模の魔術だって容易に使える。

「弱肉強食か、たしかにそうなんだろうな。だが、ここでは俺が強者らしい」

「てめえ、ふざけんな、放せ、放せよ」

「俺らにこんなことして、ただで済むと思ってるのか！」

「今なら半殺しで許してやる！」

ふむ、まだ立場がわかっていないようだ。

ぎしりっと、嫌な音が響いた。

「いてえええ、いてええ、鉄杭が膨らんで」

「潰れる、潰れちまう」

「ひっ、ひいい、ひゃああ、やぁあ」

どんどん鉄杭が膨らみ、骨が軋《きし》む音がする。

このままでは奴らは圧殺だ。

野蛮なことを言っていた連中が必死の命乞いを始める。

そんな中、唯一、この馬鹿騒ぎに参加しなかった、シャリオが土下座をする。

「どうか、あいつらを許してやってくれ。あいつらはクズだ。だが、クズなりにいいヤツなんだ」

「許せると思うか。あいつらは、こう言ったんだぞ『男は殺せ！　女は殺すな。拉致って犯す』。そんな奴らを許せと？」

「頼む。なんでもする」

俺は大きく息を吐く。

そして、指を鳴らした。鉄杭たちが嘘のように消えていき、フロジャス・ファングの面々が尻もちをつく、失禁しているものもいた。

「ありがとう、ありがとう」

シャリオが礼を言う。

「……この馬鹿騒ぎを止めようとした、おまえに免じて許してやる。だがな、覚えておけ」

正直、キーアとアロロアを傷つけようとしたこいつらをここで殺したいという感情がある。

だが、所詮、〝子供〟のいたずら。

それを許すのも大人の度量。

「俺はミスをするものがいた場合、一度目は許し、優しく諭す。二度目は怒るが許し、次はないと告げる。……そして、三度目は見限る。貴様らはこれが二度目だ。三度目はない。俺たち以外のパーティに同じことをするのも許さない。次は殺す」

二度目まではまだ更生の余地がある。

だが、三度繰り返すような奴はどうしようもない。

そして、それが害虫なら始末するしかない。

俺は甘い、だがその甘さにも限度がある。

「あっ、ありがとう。ありがとう」

これで一件落着。

「すまないな、キーア、アロロア。怖かったのはおまえたちだろうに、独断で生かすと決めてしまって。今回だけは見逃してやってくれ」

「いえっ、とてもいい判断だと思います」

「同意。ルシル様は優しい」

二人も納得してくれて何よりだ。

俺は微笑み……表情が凍りついた。

これは、なんだ、この力は。ありえない。

次の瞬間、ダンジョンが揺れた。

まるでダンジョンが泣いているかのように。

異変はそれだけじゃない。

圧倒的な力を感じる。慣れ親しんだ力。生まれたときから身近にあり、大事なもののために捨て去った力。……すなわち、神の力。

もともと、ダンジョン、いや試練の塔には神の力が渦巻いている。

それは無色の力、試練と報酬というシステム故に、それ自体にはなんの感情もない。

だというのに、これは強烈な意志を感じる。

無色のはずの力が、黒く塗りつぶされていく。怨嗟《えんさ》と悪意によって。

そして、それが来た。

シャリオがそれを見て、半狂乱になって叫ぶ。

「なんだよ！　なんだよ、これはよう！」

無数の魔物が北のほうで湧いた。

俺の腰の高さまで届くような巨大イナゴの魔物。

うじゃうじゃうじゃうじゃうじゃうじゃうじゃうじゃうじゃうじゃうじゃ。

悪夢としかいいようがない、視界すべてがイナゴに埋め尽くされる。イナゴの津波。その津波が森を喰らい、草を喰らい、魔物すら喰らいながら、押し寄せてくる。

「キーア、アロロア、来い！」

「はいっ！」

「急行」

二人が俺の声で近くに寄ってくる。

そして、土下座したまま立ち上がれていないシャリオの手を引く。

残り三人は遠い……くそっ、間に合わない。

「【炎嵐】」

俺たち四人を中心にして、炎の嵐を引き起こす。

ぎりぎり間に合った。炎の壁にイナゴの津波がぶつかる。全力の【炎嵐】のおかげで、イナゴは一瞬で燃え尽き、灰となっていく。炎に対する恐怖がないのか、仲間がぶつかっては灰になるのに構わず突っ込んでくる。魔力を絶えず供給しなければ、炎の壁を突き破られてしまいそうだ。

十分ほどそうしていただろうか？

ようやく、イナゴの津波が過ぎ去っていき、【炎嵐】を解く。

そして、周囲の光景を見て絶句する。

なにもなかった。

第三階層は森エリアだというのに、すべて食い尽くされて荒れ地になっている。

イナゴの津波がすべてを喰らったのだ。

そして……。

「ああ、あああ、あああああああああああああ」

シャリオが絶叫する。

【炎嵐】の中に連れてこれなかった、シャリオの仲間たち、その屍《しかばね》がそこにあった。

酷《ひど》い。食い尽くされて、骨だけになった体。

一歩間違えれば、俺たちもああなっていた。

何かが起こっている。

(天使どもの仕業だ)

手を打たないといけない。

イナゴの群れは、ダンジョンの出口を目指していた。黒に塗りつぶされた意志に突き動かされ。

あれが、街になんて出れば街ごと食いつぶされる。

「なんとかしないとな」

神の力を感じられるのは、俺だけ。
つまり、この事態を収束できるのは俺だけなのだから。

第二十二話　魔王様の戦いと眷属の戦い

イナゴが過ぎ去ったあと、集中力を高め、力の出どころを探る。

この試練の塔を黒く塗りつぶしている元凶を見つけるために。

ただの人になった今でも俺の魂は神の力を感じとることができる。

俺の感知能力はさほど高くないとはいえ、まるで強烈なサーチライトをつけているような圧倒的な力が溢れており、簡単に見つけられそうだ。

見つけた。

元凶は第四階層にいる。

「アロロア、誰でもいいから元魔王軍に連絡を取れ。あいつらなら地上に出たイナゴはなんとかしてくれる」

魔王軍の解散を命じたが、あいつらとの繋がりは絶たれていないだろう。

そして、眷属たちなら魔族たちを救うために力を合わせて動いてくれる。

……彼らの力を借りるのは心苦しいが、彼らの力がなければすべてが食い尽くされる。

「ロロア様には連絡済み。新生魔王軍がルシル様の命令を待っていると、今連絡があった」

「なんだ、その新生魔王軍っていうのは」

「回答。ルシル様が魔王軍の解散を命じたあと、ドルクス様の提案によって作られた組織。構成員は元魔王軍と一緒」

「あいつら……自分たちの道を歩けと言ったのに」

「否定。みんなが好きにした結果がこれ。ドルクス様の提案した新生魔王軍にみんなが自分の意思で集まった。魔王じゃなくなったルシル様に、私たちを止める資格はない」

苦笑する。

それがあいつらが選んだ好きに生きるということか。

なら、仕方ない。

「わかった。なら、その新生魔王軍にイナゴ退治を頼む。魔王としての命令じゃない、奴らの友人としての頼みだ」

「了解。ルシル様のお願いを伝える」

これで地上は安心だ。

イナゴの数は数千、いや数万にも届く。

それでも、あいつらならどうにかする。

「それから、アロロア、キーアも急いで地上へと退避しろ。俺は少しやることがある」

「否定。ルシル様も帰るべき」

「……そうはいかない。ここから先は大人の喧嘩だ。子供には任せられない」

神の力に人は抗《あらが》えない。戦っている次元が違う。

子には子の世界があり、大人には大人の世界がある。

あっちが、大人を出して来たのだから、こっちは俺が行かねばならない。

人の身に堕《お》ちたとはいえど、俺は魔王だ。その責任がある。

俺は先へ進む。

諸悪の根源の元へ。

しかし……。

「なぜ、ついてくる？」

アロロアが黙って隣を歩いていた。

アロロアだけじゃなくキーアもだ。

「回答。今のルシル様はただの人。私の力が必要」

「私はその、急に魔王軍とか言われても、お話についていけてませんが、とにかくルシルさんが何かすっごい危険そうなことを一人でやろうとしていることはわかりました。だから、一緒に行きます」

「どれだけ、危険かわかっていない。とくにキーアはわかってないようだから、わかりやすく言う。さっきのイナゴの群れは人為的なものだ。そして、そんな真似をするような奴を止めようとしている。自殺行為もいいところだ」

強い口調で脅す。

だけど、キーアはひるまない。

「それを聞いて余計に帰れなくなりました。帰ってほしかったら、ルシルさんも逃げてください。私たちはパーティです。一緒に進むか、一緒に逃げるかのどっちかです。誰か一人をおいていくなんてありえません」

「同意。私もルシル様が行くなら行く」

まっすぐな瞳。

強い決意。それを言葉ではどうにかすることもできない。

実力行使も厳しい。

たとえば、二人を気絶させることができても、今のダンジョンに安全な場所はなく、結果的に彼女たちを殺すことになる。

石……いや、鉄で作ったコテージすらもイナゴは食い散らかしてしまうだろう。

「……わかった。ついてこい」

「はいっ」

「感謝」

そうして、俺たちは諸悪の根源の元へ向かうことになった。

このシチュエーション、千年前を思い出す。

あのとき、俺はロロア、ライナ、マウラの三人を置き去りにして一人先に進み、千年の眠りを余儀なくされた。

そのときの判断に後悔はない。

結果的に、魔族たちを守り、あの子たちも無事で、俺もこうして目を覚まし、我が子らが作った世界を楽しんでいる。

でも、こうして三人で先へ進むと、こう思ってしまう。

もし、あのとき、あの子たちと一緒に進んでいれば、また違った結末があったかもしれない。

「考えるべきは過去じゃなく今だな」

どうやって、キーアとアロロアを守る。いや、三人でどう戦うかを考えなければ。

◇

イナゴの群れ、その第二陣が押し寄せてくる。

さきほどと同じように【炎嵐】で凌《しの》ぐのは避けたい。あれは魔力の消耗が大きすぎる。

だから俺は飛ぶ。

風を呼び、遥か上空へと。

「キーア、サポートを頼む」

「はいっ！」

さすがに三人を浮かせるのはきつい。

高度を保つのは俺がやり、推進力はキーアに任せる。

予想以上にうまくいく。ほとんど魔力の消費なしにイナゴの群れを避けられそうだ。

「シャリオさんは大丈夫でしょうか？」

「なんとかするだろ」

フロジャス・ファングの生き残りであるシャリオ。

あいつは生存能力が非常に高い。イナゴに喰われた仲間を見て絶望しながらも、【炎嵐】が解かれると同時に走って逃げていった。

ああいうタイプは、長生きする。

「そろそろ着地する」

イナゴの津波が過ぎ去った、荒れ地に着地。

「……一回目と同じぐらいの数でしたね。あれ、何回ぐらい続くんでしょう」

「さあな、わからない。だからこそ止めないといけないいんだ」

魔王軍の力なら、何万ものイナゴでも対処できる。

しかし、疲労するし、物資も魔力も消費してしまう。

無限に湧き出る物量というのは最大の脅威。誰かがもとを絶たないといけない。

「がんばりましょう！」

「ああ、俺はあの街が好きなんだ。守りたい」

冒険者も楽しいが、きつね亭で働くのも好きだ。

我が子らは素晴らしいものを作り上げた。

それを人ならざるものが理不尽に壊していいわけがない。

「警告。第三陣がきた」

「また、飛ぶぞ」

「はいっ」

急がないとな。

新生魔王軍の限界が来る前に。

◇

～浮遊島　魔王城～
円卓には無数のモニターが映っていた。

ここは十二人の眷属が集まる場であると同時に司令室でもある。

エルダー・ドワーフのロロアが街に配置された無数の目と耳を使い、情報をまとめ、各員へ適切に通達。

その情報を元に最高責任者たる黒死竜のドルクスが指令を出す。

「んっ、周辺の街と村に現状の報告は終わった。城壁は十五分以内にすべて閉まる。街の軍も出動中」

「うむ、それでしたら多少の撃ち漏らしがあっても問題ありませんな」

「低層の冒険者たちの保護も順調。……これで、ライナが暴れられる」

モニターには第一階層の映像が映っている。

ライナたちが本気を出せば、街の一つや二つ、余波で吹き飛ばすため、あえてそこを戦場にした。

そして、全力で戦うために今の今まで元魔王軍の一般兵を使い、冒険者たちを避難させていたのだ。逃げることを拒むものもいたが、そういう場合は意識を刈り取り、無理やり外に放り出している。

今は緊急事態だ。手段を選べない。

モニターにイナゴの津波が移る。

その数、一万七百三十二。全長二メートル、高さ九十センチなんていう異形のイナゴが一万強。あまりにも圧巻だ。

「ライナ、あと三分で接敵。要望通り、その階層にいるのはあなただけ。対応できる？」

「愚問なの。ライナの炎を甘く見るななの！」

ライナの尻尾が黄金色に輝く。

朱金の炎が全身から迸《ほとばし》っていた。

そして、三分後。

この世に煉獄《れんごく》が顕現する。

「千年積み重ねた力と想いが織りなす炎を見せてあげるの。【朱金絢爛】」

半径数キロが朱金の炎に蹂躙《じゅうりん》された。

あまりにも幻想的で。

あまりにも理不尽で。

あまりにも美しい炎。

一瞬であっけなく一万ものイナゴが灰となる。

あまりにも規格外。

冒険者たちが千人集まろうと、この真似事《まねごと》すらできない。

これこそが、魔王の眷属として進化した天狐が千年かけて磨き上げた力。

「さすが、ライナ」

「当然なの！」

「でも、悪いニュース。第二陣が第二階層の半ばまで来てる。あと三十分でそちらに行く。……ライナ、何回、今の規模の炎を使える？」

「うーん、確実なのは四発、五発目は撃てるかどうかわかんない。六発目は百パーセント無理なの」

「把握した。四発目を撃つと同時に、魔王様を目指して先へ進んで護衛を。それだけ時間を稼いでくれれば、マウラたちがそっちへ着くから、イナゴの一掃はこっちで引き継げる」

「やー。わかったの。気持ち的には今すぐ魔王様のところへ行きたいぐらいなの」

「んっ、同感。でも、今近くにいる特級戦力は、ライナだけ。みんな出払っているタイミング……運が悪い。ライナじゃないと魔王様が大事にしているものを守れない」

「わかってるの。向こうは魔王様とあの子たちにお任せなの」

「今日のライナは物分りがよくて逆に気持ち悪い」

「むうー、ライナだって成長したの。でも、ちょっとだけ、ううん、ちょっとじゃなくて、すごく悔しい」

その言葉の意味にロロアはすぐに気付く。なぜなら、ロロアも同じ気持ちだからだ。

「んっ、私もそう。あのとき私たちは魔王様においてかれた。でも、キーアとアロロアは一緒に進んでいる。それがすごく羨ましい」

ライナとロロア、二人の声には切なさと悔しさと、嫉妬が混じっていた。あのとき一緒にいることができれば……そう何億回も二人は悔やんできた。

自分たちができなかったことを、キーアとアロロアはやったのだ。

ライナがうつむき、それから顔をあげた。

その顔にはもはや弱さはない。

虫が押し寄せてくる。

「こいっ、虫ども。今日のライナは機嫌が悪いの。この感情、ぜんぶ叩きつけてやるの！」

そして、再びライナは力を高める。

煉獄の業火を放つために。

奥へと進むルシルたちとは違う戦場が、ここにはあった。

第二十三話　魔王様の選んだもの

イナゴの群れの第七陣を飛び越えた。

「恐怖。まだ、イナゴの群れが収まらない」

「魔王軍を信じるしかないな。人の力じゃ、あんなものどうしようもない」

規格外の災害。

あれを止められるのは魔王軍《きかくがい》だけだろう。

俺たちは魔王軍を信じてひたすら前へ進む。

そして、ようやく見つけた。

それは黒い女王イナゴだった。イナゴたちのサイズはせいぜい俺の腰の高さまでというところだが、こいつはその五倍はある。

まるで恐竜だ。悍《おぞ》ましいことに、腹がまるで風船のように膨らんでいき、そして腹に大きな穴が空き、イナゴたちが吐き出されていく。

悪夢のような光景だが、少しだけ希望が持てた。

神の力は無限ではなく有限だ。そして、神の使いである天使であれば尚更《なおさら》。

人の身たる今の俺では、天使にはどうあがいても勝てない。

しかし、ああやって個としての強さではなく、群れを生み出すことにリソースを割いてくれているのであれば勝ち目はある。

俺たちは迂回《うかい》して、女王イナゴの後ろに回り込み大樹の陰に隠れる。

「いいか、一発で仕留める。二人の力を貸してほしい」

「任せてください」

「了解。あれでいく」

あれというのは、キーアが風の魔術を覚えたことで作り上げた連携技。

俺たちの目的はあの化け物を倒すこと、真正面からぶつかり合う必要なんて、どこにもない。

魔力を十分に練り上げ、詠唱する時間があるのだから、そのアドバンテージを使わせてもらう。

三人、全員が詠唱を始める。

それぞれの限界出力でだ。

数十秒後、その魔術が完成する。

「【爆炎弾】」

俺が限界火力で炎を生み出し、キーアの風が一気に吹き込み、炎を煽《あお》り爆発。さらに、アロロアが土魔術で生み出した鉄の散弾が爆発で撒き散らかされる。

三人それぞれの魔術を、束ねた必殺技。

奴が生み出したイナゴの魔物は、その見た目通り炎に弱かった。

であるなら、女王もその弱点が期待できる。

俺たちの最大火力が女王イナゴの死角から襲いかかる。

そして、爆発魔術という性質上、土煙が舞い上がり、視界が塞がる。

「やったか!」

土煙が消えていく。

そこには全身焼け焦げ、足の殆《ほとん》どを失った女王イナゴがいた。

仕留めたかどうかはわからない。

だが、少なくともこれ以上、イナゴの群れを生み出すことはない。

……胸を撫《な》で下《お》ろす。

これで街がイナゴに食い尽くされることはなくなった。

「ルシルさん!」

キーアが俺を突き飛ばした。

なぜ? そう考えキーアを見ると、次の瞬間に剣が突き刺さり、背後の大樹に磔《はりつけ》にされる。

赤い血が流れた。

「キーアっ！」

叫び、駆け寄ろうとする気持ちを抑え、剣が飛んできた方向を警戒。

新たな剣が飛来してきて、それをなんとか躱す。

その剣は、女王イナゴの腹から射出されていた。

「汚れしものの分際でよく私の剣を躱した」

よく通る声が、女王イナゴの腹から響き、女王イナゴの内側から何かが吐き出される。

「おまえは、サナドエル」

千剣の天使。サナドエル。

剣の一つひとつに魂を宿す、一人であり、軍でもある上級天使。

見た目は引き締まった体の紳士。その背後には数本の剣が浮いていた。

「なぜ、汚れしものが私の名を？　……魂に見覚えが。まさか、まさか、あなたは、あなたさまは!?」

俺を見て動揺している。今がチャンスだ。

キーアを治療するよう、アロロアに指示を出す。

同時に、俺はキーアが奴の視界に入らない場所へと移動する。

「最古にして最優の天使ルシル様。いえ、我々を裏切り、魔族の守護者となった、魔王ルシル！」

「千年も前のことをよく覚えているな」

「忘れるものですか。あなたは誰よりも、美しく、強く、優しく。誰もがあなたにあこがれた。私もだ！　だからこそ、許せない。我らを捨て、神を裏切るなど。あなたと、あなたが残した眷属のせいで、千年たった今でもなお、我らは主の命を果たせていない。この屈辱があなたにわかりますか!?」

「……俺がいなくなって、千年間、神の箱庭から切り離されたこの地を狙っていたのか」

「いかにも！　神の威光が届かない地へと逃れられただけで、我らが諦めるはずもない」

「にもかかわらず、こうしてこの島で魔族たちは生きている。滑稽だな」

「ああああ、忌々しきは、忌々しきは、魔王の眷属たちよ！」

薄く笑う。

そうか、あいつら。千年もこの地を守り続けてくれたのか。

そして、そのことをあえてあいつらは俺に言わなかった。

「だいたいわかった。サナドエル、おまえなら俺の強さを知っているだろう？　戦いが無意味だとわかるな。ここは引け。元同僚のよしみだ。見逃してやる」

これはブラフだ。戦えば負ける。

俺は勘違いしていた。あのイナゴたちを生み出したのは、奴の力だと。

だが、こうしてじっくりと見てわかった。

奴はきっかけになっただけ。

試練の塔にある力に悪意を込めた力を注ぐことで決壊させ、その力に指向性をもたせたのがあのイナゴどもだったのだ。

あいつ自身の力はさほど消耗していない。

「かつての天使だったあなたなら私など足元にも及ばなかった。魔王としてのあなたでも私より強い。で・す・がっ！　なぜか今のあなたはただの魔族だ。私にもそれぐらいはわかりますよ。死んでください！　あなたを殺せば、私は、私は、神から祝福と褒賞を得られるでしょううううううう」

やっぱり、そううまくはいかないか。

力の差は歴然。

だが、諦めずに戦おう。

俺には技術がある。

天使どもは強すぎる。ゆえに、技を必要としない。

そこが唯一の隙だ。

……そう思ったんだがな。

「これは、反則だろう」

サナドエルの背後の剣が増えていく、数本の剣が数十本に、数十本の剣が百本に、そしてその二つ名の通り千本へ。

どうやら、千年の間に天使たちも成長していたようだ。
それを黙って見ていたわけじゃない。
【炎弾】を放った。
しかし、それが剣の一本にたやすくかき消される。
「ああ、なんと悲しい。あの最強の天使がこの程度とは」
脂汗がでる。
こんなもの、技でどうにかなるレベルじゃない。
サナドエルが睨む。
そして、剣が降り注いだ。
千からなる、剣の豪雨。
絶体絶命。しかし、俺の前に銀の影が躍り出た。
アロロアが手をかざすと、銃ではなく砲が召喚され、砲撃が行われる。
天使の剣を撃ち落とせるほどの威力と、理外の連射速度。
なおかつ異常な精度があり、俺に直撃するものだけを撃ち落とす。
剣戟《けんげき》がやむと、俺たちの周囲には剣が散らばっていた。
アロロアの銀髪が光る。
「イミテート・ファミリア。モード：ロロア」

その砲は見覚えがある。

ロロアの作り上げた最高傑作の一つ……それがさらに進化している。そして、それを異空間の物質貯蔵庫から取り出す、物質召喚はロロアにしか使えない血統魔術のはず。

ロロアだけがなし得る技をアロロアが使った。いくら、ロロアが作ったホムンクルスだからと言って、こんな真似ができるはずはない。

それだけじゃない、アロロアから眷属の力を感じる。

「懇願。ルシル様、私なら三分時間を稼げる。その三分でどうするか決めて」

「三分のあとおまえはどうなる？」

「敗北。借り物の力は三分が限界。……キーアを助けることも不可能。処置はしたけど致命傷。でも、ルシル様だけなら逃げられる。でも、ルシル様が夢を捨て――」

アロロアの言葉を遮るように千剣が飛来し、アロロアが躱す。

躱すだけじゃなく、アロロアはサナドエルに牽制《けんせい》砲撃をした。

その砲撃を容易く千剣で弾く。

「ああ、忌々しい、忌々しい眷属よ。ですが、新顔ですねぇ。新入りさんですかぁ？　それに弱い。なぜ、魔王が引き連れているのが最弱の眷属なのか……理解に苦しみますよ」

サナドエルには余裕がある。

たしかにアロロアは弱い。

言うならば、劣化版ロロア。眷属のなかで戦闘力では最弱のロロアにすら劣る。

天使相手に勝てるわけがない。

だが、懸命だ。

目から血が流れている。

わかってしまった。眷属の力を再現する。そんな真似をホムンクルスの身でできるわけがない。

できたとしてもとてつもない負担がかかる。

これはそういう切り札だ。

「ルシル様、決断を早く。あと二分半」

アロロアが促している決断は俺だけが逃げるか、あるいは夢を捨ててのみ存在する別の道。

アロロアがここで足止めをしなければ全滅。

そして、キーアは致命傷で治療の施しようがない。

今のままでは俺だけが逃げる選択肢しか残されていないのだ。

そう、今のままなら。

夢を捨てるという意味、その先にある別の道。それが何かうすうす勘付いている。

俺は目をつむって、キーアとアロロアの顔を思い浮かべた。

「決断した……俺は俺の野望を曲げよう」

アロロアの口の端が吊《つ》り上がる。

そして、空中に十の砲を生み出し、一斉射。

さすがのサナドエルも防御に回した剣ごと吹き飛ばされる。

「了解。秘密を明かす……ロロア様は、その体に仕込みをしてる。私が疑似眷属になれるように、ルシル様は魔王になれる。あと二分。死ぬ気で時間を作るから、為すべきことをしてほしい」

そう言うなり、今度は高周波ブレードを異次元空間から取り出し、飛び出していく。

あと二分。

アロロアが作ってくれた時間の意味を俺は噛《か》み締《し》めていた。

◇

キーアの元へ向かう。

アロロアの処置は完璧。

だが、あまりにも傷が深すぎ、血を流しすぎた。もう助からないのがわかる。

もって数分だ。

キーアの顔に触れる。

「ごめんなさい、足引っ張っちゃって」

しゃべるだけで辛いのに、キーアはそんなことを言ってくる。

「俺をかばったからだろう。ここで言うのは恨み言であるべきだ」

「あはは、そうかもしれません。ここで言うのは恨み言でなく、それより大事なことがあるんです。あの、厚かましいお願いですが、きつね亭を頼みます。でも、お店、あげますね」

最後の力を振り絞って、吐き出した言葉がそれか。

実にキーアらしい。

「断る。自分でなんとかしろ……隠していたが、俺が魔王だ。俺の眷属になれば、命は助かる」

「やっぱり、本物の魔王ルシル様、だったん、ですね」

この口ぶり、うすうす勘付いていたようだ。

「ああ、俺がルシルだ。返事をする前に聞いてくれ。……眷属は人という枠から外れる。俺に絶対服従となってしまう。それでも俺の眷属になってくれるか？」

「はいっ、なります。だって、ルシルさんの、まわり、みんな楽しそう、ロロアちゃんも、ライナちゃんも、そうだったんでしょ。それに私、ルシルさんと一緒がいい」

キーアが涙を流して、最後の力を振り絞って想いを口にした。

ひゅうひゅうと音が漏れるだけで、もう言葉を紡ぐこともできなくなった。

（覚悟を決めよう）

魔王の力を使ってしまえば、ただの人としてこの世界を楽しむという、俺の願いと決意は消えてなくなる。……だけど、そんなものより失いたくないものがある。

必死に敵《かな》わぬ相手に挑み、時間を稼いでくれているアロロア。

そして、俺を庇ったせいで、死に瀕《ひん》して、それでも俺と一緒がいいと言ってくれたキーア。

今日だけじゃない、二人といることが心地よくて、それが続けばいいと俺は願っている。

この二人は、たかが俺のプライドのために失っていい存在じゃない。

魔王の力を渇望する。

強く強く。

イメージするのは在りし日の最強たる自分。

胸の奥にある魂が燃え上がる、そしてその炎が、ただの人に堕ちたこの身を鍛え直す。

熱が充満していく。

願えば、願うほど、あの日の自分になっていく。

ここに来て、ロロアが俺のためにどんな体を作ったかを理解した。

俺の魂を受け入れ、それに適応するだけの巨大な器。

同時に、積み上げることで最強に至る成長性。

この肉体は、俺をより強くするためにロロアが作った肉体なのだ。

きっと、あいつは千年かけて準備してくれたのだろう。

……それと同時に、これを渡したとき、俺に殺される覚悟までしたはずだ。

俺の人になりたいという願いを裏切っているのだから。

そのことに怒りはしない。

あの子の千年の集大成を知った。あの子が自分が殺される覚悟をしてまで大事な人を救うだけの力を残してくれたことに気付いた。

その思いを踏みにじるような奴は、魔王失格どころか、ただの下種《げす》だ。

肉体が完成し、魔力で織られた懐かしい魔王服が顕現する。

今、この瞬間。ただのルシルではなく、俺は魔王ルシルに戻った。

「キーア、契約を」

俺はキーアの顎に手を添える。

自らの唇を噛《か》み、血をこぼす。

そして、口づけを交わし、俺の血を流し込む。

血によって結ばれ、眷属としての契約が成されていく。

キーアの体の傷が癒えていき、生気が戻る。

「それが、ルシルさんの、いえ、魔王ルシル様の本当の姿」

「ああ。これが本当の俺だ」

俺の力がキーアに流れ込み、キーアの思いが俺の中に流れ込んで一つになる。

キーアを感じる。

唇を離すと、キーアがとろんっとした目で俺を見ていた。

「これでおまえは俺のものだ」

「ひゃ、ひゃい。どうしよ、ファーストキスです」

そして、腰を抜かしてしまう。

「しばらく、そこで休んでいろ」

眷属になれば、魔族は高位種へと進化する。たとえば、妖狐のライナが天狐になったように。

ドワーフのロロアがエルダー・ドワーフになったように。

魔王の眷属にふさわしい存在へとキーアは生まれ変わる。

その進化をしている最中は歩くこともできない。

できれば、生まれ変わる瞬間を見届けたいが、魔王でいられる時間は限られる。

その間にケリをつけねば。

◇

〜アロロア視点〜

限界が近い。

イミテート・ファミリア。

それは擬似的に眷属の力を発現させる私の切り札。

それを為せるのは、この肉体の材料に、元の魔王様の肉体、その一部を使っているから。

ある意味で私はルシル様の娘であり、だからこそ初対面で娘と言った。

しかし、ロロア様が作った強靭な肉体だろうと、そんなものを組み込めば耐えきれずに崩壊する。

普段は徹底的に魔王の力を封じ込めている。

それを表に出す機能こそが、イミテート・ファミリア。眷属のごとき力を発揮する代わりに肉体が一秒ごとに崩壊していく。

その状態でロロア様が仕込んだプログラムと、眷属たちの血が詰まったカプセルを飲み込むことで、眷属たちの血統魔術までを使用可能とし切り札と化す。

今回はロロア様の血を飲んでおり、だからこそモード：ロロア。

「ははは、弱いです。弱いですよ。所詮、捨て石というわけですか。あの男に見捨てられた気持ちはどうですか!?」

「……」

お互い遠距離戦を主体に戦っている。

だからこそ、性能差が出てくる。

ロロア様の武器庫から装弾済みの武器を引っ張ってきているおかげで、なんとか出力の差はごまかしているが、それも限界。

直撃を避けているものの、全身を刻まれて血が流れることで身体能力が落ちてきた。

そして、それ以上にもう門を開く魔力すら尽きる寸前。

弾倉が尽きた。装塡しないと。

しかし、門を開けず装塡すらままならない。

魔力欠乏症で目がかすみ、足がもつれて転倒してしまう。

それどころか、眷属の力が消えていく。限界時間が過ぎた。

「詰みですねぇ」

指揮者のように、サナドエルが手を振り下ろすと天から剣が降り注ぐ。

さっき、ルシル様を助けたときと同じシチュエーション。

違うのは今の私に、剣の雨を防ぐ手段がないこと。

やたら、時間がゆっくりと流れる。

時計を見ると、しっかりとルシル様に約束しただけの時間をちゃんと稼げていた。

きっと、ルシル様は今頃魔王の力を取り戻し、キーアを救っているだろう。

私の任務は終了だ。

もう死んでも問題ない。

問題ない、はず、なのに……。

「死にたくない」

自然とそんな言葉が出た。

おかしい、ここで死んでも新しい肉体を作ってもらい、本体から新しいアロロアを流し込めば、完璧な新しいアロロアができる。

だから、私がここで死んでもいいのだ。

なのにどうしても終わりたくない、今のアロロアをやめたくない。

怖い、悲しい。

助けて。

目をつぶってしまう。

そして、剣の雨が降り注……がなかった。

降り注ぐ剣が、私の砲でも弾《はじ》き飛《と》ばすしかない剣が砕けていく。

「よくやった、アロロア」

天使の白とは真逆の黒いマントをはためかせ、その人はそこにいた。

私を作ったロロア様が、そして私が好きになったあの人が。

「遅刻。あと二分って言ったのに、二分三十二秒待たされた」

「そいつは悪かった」

ルシル様が、笑う。

たった、それだけなのに、怖いのも悲しいのも全部消えて温かくなる。

このとき、本当に理解した。どうして、ロロア様をはじめとした眷属の方々がこの人に惚れ込み、千年も思い続けることができたのか。

この人は……とても温かい。

エピローグ　魔王様は人の力を振るう

俺が来て安心したのか、アロロアが気絶して崩れ落ちた。
慌てて抱き上げる。
……こんなになるまで、よくがんばってくれた。
アロロアを風の魔術で安全なところまで運ぶ。
「後は任せてくれ。俺が終わらせよう」
力が満ちている。
肉体が魂に刻まれたあるべき姿へと戻った。
魔王ルシルの姿へ。
懐かしい。
自分の意思で捨てた姿なのに、しっくりくる。
「なんですかね？　その姿は。さきほどまでただの人だったのに」
サナドエルが不審げに見ている。

「戻る気はなかった……が、子供の喧嘩に天使《おとな》が出っ張ってきたんだ。こっちも魔王《おとな》がでないとな」

俺は人の作った世界に魔王《おれ》が参加することを禁じていた。

魔王として参加してしまえば、子らの世界を捻じ曲げてしまう。

それでは人間を操り人形にして望《のぞ》む世界を作ろうと箱庭遊びをしている神どもと同じだ。

しかし、今、俺と同格の存在が世界を捻じ曲げようとしている。ならば、それを止めねばならない。

「はっ、強がりですねぇ。見えてますよ。たしかに、高位存在でしょう。魔王と呼ばれたときの姿でしょう。で・す・がっ、その器に満ちた力は一割にも満たない！」

「そのとおりだが、おまえ相手なら十分だ」

サナドエルの指摘は正しい。

ロロアの作ったこの身は、魂に刻まれた在りし日の俺を形作った。

肉体スペックは完璧に再現してある。

だが、その器の中身が満ちていない。

魔力生産量・魔力瞬間放出量・魔力制御技術。それらがあっても、純然たる魔力量が足りない。

あたりまえだ。いくら、肉体を在りし日に戻したからと言って、無から魔力が生まれてくるわけがない。

それでも魔王ルシルという強大な存在の最大魔力容量、その一割という膨大な魔力を確保できたのにはからくりがある。

この体は、成長性の一点に極振りしてある。

その成長で得た力を魔王の姿に戻る際、魔力に変換するようになっていた。

キーアとアロロア、二人と一緒に戦いながら積み重ねたものこそが、今の俺の魔力なのだ。

逆に言えば、この魔王ルシル形態で力を使えば、積み上げた分の力を失い、元の姿になったときに弱くなる。

そのことは惜しい。

だが、その程度の代償で、我が子らを。何より、キーアとアロロアを守れるのなら……割に合う！

「ほざくな！　堕ちた天使よ。絶望的な力の差を思い知ればいい。一方的に、押しつぶしてみせましょう」

無数の剣がサナドエルの背後に浮かぶ。

奴の狙いは容易に想像できる。

物量戦を挑み、魔力差で押し切るつもりだ。

「やってみせろ」

俺も、奴のマネごとをする。

数十の槍を背後に顕現させる。サナドエルの千剣は血統魔術だが、こちらはただの汎用魔術によってそれっぽいものを作っただけ。

「はっ、なんて哀れ。数も、美しさも、硬さも、速さも、何もかもが我が千剣に劣る。そんなもので対抗できるとでも？　私も舐められたものだ。死になさい」

奴が指揮者のように腕を振るうと千剣が音速を超えて襲いかかってくる。

俺にはそれが見えている。

汎用魔術による、動体視力の強化、エリアサーチという半径二十メートルほどの探知魔術がエリアに入ってきたときの速度、質量、入射角を教えてくれる。

どちらも人の手によって生み出された魔術。

得た情報を使い、高速演算した上で、こちらも槍を射出する。

サナドエルの剣と俺の槍がぶつかり合う。

彼のセリフは正しい。

数、千の剣に対して槍はわずか六十程度。

美しさ、華美な装飾が施された剣に対してこちらは無骨なただの円錐《えんすい》。

硬さ、剣は鋼をも貫く神鉄の剣に対してこちらはただの鉄槍。

速さ、音速の剣と時速百キロにも満たない槍。

すべてが劣っている。

サナドエルが必勝を確信して笑う。

しかし……。

「なぜ、なぜだ！　私の千剣が、そんな、そんな不細工な槍に」

「これが技術。我が子らが積み上げた弱さを補うためのすべ。強すぎる俺たちが持ち得なかった力だ」

戦いの最中、アロロアが落としたらしきロロア製の剣を拾って、奴へ向かって走る。

さきほどの剣と槍のぶつかり合いを制した理由は至って単純。

俺は千剣すべての軌道から、着弾ポイントを予測、そして、直撃するものだけを迎撃。

迎撃の際には真正面からぶつかり合えば、一方的に潰される。だから、剣を滑らせる角度で槍をぶつけて、剣の軌道を変えた。

これが技だ。

さきほど人の姿のまま、奴と対峙したとき、俺はどうしようもなかった。

いくら技があろうと限度がある。

テコの原理を使おうが、せいぜい数倍の重量しか持ち上げられないように。どんな武術の達人も突進してくる象を止められないように。技術で補うには限度があるのだ。

……しかし、今の俺とサナドエルの力の差は七倍程度。

たった七倍なら、技で補ってみせよう。

「ひっ」

サナドエルが怯《ひる》みながら、次々に剣を射出してくる。

俺は足を止めず、剣でサナドエルの剣を受け流しつつ進む。

一発でも直撃すれば即死、まともに受けるだけで腕が砕けるそんな一撃をだ。

「なぜ、なぜだ！　なぜ、千年も眠っていた、おまえが、どうやって、そんな技を身につけられた！」

ほう、俺が千年眠っていたことに気付いたのか。

「どうやってだろうな」

苦笑する。

実は俺が目を覚ましてから、さまざまな技術を習得していたわけには気付いている。

魔王に戻るとき、この体のすべてだけじゃなく、今の自分がどういうものかもわかったからだ。

俺の体は数千の粒子になって、我が子らに宿り、少しずつ力を蓄え、千年かけて復活した。

眠っていた間の記憶はない。

だけど、数千の粒子になっていた間、宿主である我が子らと同じ経験をしていた。

ときおり、俺が知らないはずの技を、知識を、経験を我がもののように使えるのはそのため。

数千人分の我が子らの人生が、俺に刻まれている。

それを自覚し、それをこなすだけのスペックを得た俺は、そのすべてを引き出せる。

サナドエルが対峙しているのは、魔王ルシルだけではない。俺が救い、我が眷属たちが見守り、必死に生きてきた数千人の我が魔族《こ》らだ。

「死ね、死ね、死ね、私のほうが強いのだ！」

剣の射出速度があがる。

剣一本で対応しきれないため、左手に土魔術で剣を生み出し、二刀流にスタイルを変えることで対応。

「ああ、おまえのほうが強いさ」

「なら、どうして、私は押されている!?」

「さっきも言っただろう。これが技だ。技とは弱い存在である人が、強さに抗うために作った力。……神と天使《おまえ》たちが、不要だと切り捨てた人の力におまえは負けるんだ」

一歩一歩、距離がつまり、ついには剣が届く至近距離。

「負けない、負けない、私は私は、あはははははは」

千剣が奴に集まり、剣の鎧になり、さらには天使の力で強化された。

千も剣が集まれば、でかくなる。全長五メートル、まるで巨大なゴーレムのよう。

「これで、これでどうですか！　この硬さ、強さ、どんな手品を使っても、力がなければ破壊できない。私は無敵、無敵です。これが、これこそが絶対なる力、小賢《こざか》しい技などではどうしようもないでしょう！」

千剣の鎧か。

ただ純粋に硬い。

攻撃力がなければ、貫けない。

腰を落とす。全神経を集中させる。

魔力を高め、魔力だけでなく武の達人が行き着く、気という力を循環させる。

「潰れろ、魔王ルシルぅぅぅぅぅ」

巨大な鉄塊となった拳が振り下ろされる。

防御はしない。

その必要もない。

拳より先に、俺の剣がすべてを切り裂く。

神鉄の呼吸を読みもっとも弱い箇所を見つける。

そして、踏み込んだ。

神速の一歩。踏み込みの際にその運動エネルギーを乗せて、腰が回転、腕が振るわれ、剣速へと変換される。

全身の力が一切の無駄なく、一刀に込められる。振るわれる剣はロロアが作り出した魔剣。

かつて、鬼族の剣豪が二百年かけて完成させた至高の一閃《いっせん》。その動きに、気と魔力が連動する。

さらには、魔力瞬間放出量の限界を超えて、魔力を爆発させる技術。三つ目族の賢者の秘技を使った。

そうして放たれるは、限界まで研ぎ澄まされた一瞬だけの最強。

魔力容量で圧倒されようと、刹那の爆発力で上回ればいい。

「【瞬閃】」

音すら置き去りにして、光にすら届きうる一撃。

人が生み出した技術の極地。

それは……。

「あああああああああ、なぜええええええええええ、なぜえええええええええええ」

千剣の鎧、神の守りすらも両断した。

サナドエルは真っ二つ、致命傷だ。

青い粒子になって消えていく。

神によって生み出された存在の宿命。

天使の死に際は、魔物と酷似している。

天使なんてだいそれた名がついていても、結局俺たちは神の道具。魔物とさして変わらない。

「負けるわけがない、神の御心に従っている私が、私が、魔王なんかに」

「魔王《おれ》には勝てただろうな」

「なら、いったい、私は何に負けたというのだ」

「おまえは、おまえが汚れしものと呼ぶ、人に負けたんだ」

「あああああああああああああああああ」

ついにサナドエルのすべてが消える瞬間がきた。

「さよならだ。サナドエル……もし、生まれ変わったら、自分の意思で世界を見てみるといい。おまえが思っている以上に世界は広く、人というのは素晴らしいものだ。なかなか楽しいものだぞ」

サナドエルの痕跡は何一つ残らず消えた。

そして、俺は膝をつく。

「……限界か」

魔力で織った魔王服が消えていき、次第に魔王ルシルから、ルシルへと戻っていく。

この肉体はあくまで一時的に魔王ルシルに戻っただけに過ぎないのだ。

そして、魔王形態で魔力を使った分、人に戻ったあと弱体化する。

また、鍛えないといけない。

「感傷に浸っている場合じゃないな」

アロロアとキーアを起こそう。

キーアにはきっちりと俺がどういう存在か説明しないと。眷属にしてしまったわけだし。これから色々と大変だ。

それに、魔王軍《あいつら》とも一度しっかりと話をしよう。いや、もう魔王軍じゃなくて新生魔王軍か。

いろいろと気まずいが、ちゃんと礼を言おう。

どうやら俺が思っていた以上にあの子たちは俺のことが好きで、俺に尽くしていた。ちゃんと感謝を伝えなければ。

「良い世界だ。ここは」

俺が夢見たより、想像したより、素晴らしい世界だ。素晴らしい人たちが溢れている。

俺はそんな世界で、大好きな人たちと生きていく。

そんなこれからが楽しみで仕方なかった。

あとがき

『異世界最強の大魔王様、転生し冒険者になる』を読んでいただき、ありがとうございました
著者の『月夜《つきよ》 涙《るい》』です。

この物語はタイトルの通り、最強の大魔王が千年後の世界に転生して冒険者になるというものです。

魔王が転生する物語は最近の流行りですが、本作は魔王と配下の絆に重点を置き、描いているところが特徴であり魅力です。

千年経っても消えない絆。千年魔王を待ち続け、二度と魔王を失わないために努力を続けた眷属たちの想いと、その行動を是非見届けてください。

そして、冒険者になってから出会った仲間たちもいい子ばかりです。

一作品で二度美味しい。そんな作品に仕上げておりますのでお楽しみに！

宣伝

ありがたいことに、本作品はコミカライズが決まっております。

連載予定などは追って公開しますのでお楽しみに！

他レーベル様になりますが、角川スニーカー文庫様にて二作品連載中です。

アニメ化が決定した【回復術士のやり直し】。全てを奪われた回復術士の復讐譚（かなりどエロ）。

４／１に新刊が発売されて、ドラマＣＤ化もされた【世界最高の暗殺者、異世界貴族に転生する】。勇者を殺すために異世界に招かれた暗殺者を描く無双もの。

どちらも好調なシリーズ。評判もいいので是非読んでください！

謝辞

ヨシモト先生、たくさんのキャラクターを生き生きと描いてくださり、ありがとうございます
担当編集の長堀《ながほり》様。お疲れ様です。
電撃文庫編集部と関係者の皆様。デザインを担当して頂いたAFTERGLOW様、ここまで読んでくださった読者様にたくさんの感謝を！　ありがとうございました。

電撃の新文芸

異《い》世《せ》界《かい》最《さい》強《きょう》の大《だい》魔《ま》王《おう》、転《てん》生《せい》し冒《ぼう》険《けん》者《しゃ》になる

著者／月《つき》夜《よ》 涙《るい》
イラスト／ヨシモト

2020年4月17日　初版発行

発行者／郡司 聡
発行／株式会社ＫＡＤＯＫＡＷＡ
〒102-8177　東京都千代田区富士見2-13-3
0570-06-4008（ナビダイヤル）
印刷／図書印刷株式会社
製本／図書印刷株式会社

【初出】……………………………………………………………………………………………………
小説投稿サイト「小説家になろう」(https://syosetu.com)に掲載されたものに加筆、修正しております。

ISBN978-4-04-913135-2　C0093　Printed in Japan

ファンレターあて先
〒102-8177
東京都千代田区富士見2-13-3
電撃文庫編集部

「月夜 涙先生」係
「ヨシモト先生」係

隠居勇者は売れ残りエルフと余生を謳歌する

疲れた元勇者が雇ったメイドさんは、
銀貨３枚の年上エルフ!?
美人エルフと一つ屋根の下、
不器用で甘い異世界スローライフ！

魔王を討伐した元勇者イオンは戦いのあと、早々に隠居することを決めたものの、生活力が絶望的にたりなかった……。そこで、メイドとして奴隷市場で売れ残っていた美人でスタイル抜群なエルフのお姉さん、ノーチェさん、ひゃく……28歳を雇い、一つ屋根の下で一緒に生活することに！　隠居生活のお供は超年上だけど超美人なエルフのお姉さん！　甘い同棲生活、始めました！

著／逢坂為人
イラスト／淡雪

電撃の新文芸